夏荷

十花记

中国古代雅士圈的花事

晏藜——著

陕西新华出版传媒集团
陕西人民出版社

图书在版编目（CIP）数据

十花记 / 晏藜著. －西安: 陕西人民出版社，2019

ISBN 978-7-224-13327-1

Ⅰ.①十… Ⅱ.①晏… Ⅲ.①散文集－中国－当代 Ⅳ.①I267

中国版本图书馆CIP数据核字(2019)第178695号

出品人：宋亚萍

总策划：刘景巍

出版统筹：关　宁

策划编辑：韩　琳　王　凌

责任编辑：王　倩　张启阳

整体设计：哲　峰　姚肖朋

十花记

作　　者　晏　藜
出版发行　陕西新华出版传媒集团　陕西人民出版社
（西安北大街147号　邮编：710003）
印　　刷　陕西金和印务有限公司
开　　本　889毫米×1194毫米　1/32
印　　张　8.5
字　　数　230千字
版　　次　2020年6月第1版　2024年4月第2次印刷
书　　号　ISBN 978-7-224-13327-1
定　　价　58.00元

序

也算为心爱的十种花一笔一笔认真写过传记了。

疏影暗香，桃之夭夭，海棠春睡，空谷幽兰，牡丹国色，芍药将离，芙蓉照水，蔷薇卧夏，月桂香满，采菊东篱……都是如今常能看见的花。四时之中，绚烂在人们眼前的花当然不止这十种，但它们在不同时节里带来的情绪，却是相似的。

前段时间不能外出，平时能去的最远的地方就是小区的园子。城市中的种种流动仿佛一夜之间被凝固，但时间却依然在我们看不见之处默默流动着。春意归来，园子里的梅花、桃花、杏花和海棠先后苏醒，次第开放，和往年相似却不相同的美丽，成为那段时间里为数不多的慰藉。生命中总有不堪承受的痛苦和不愿忆及的往事，黯淡的时刻里，幸好还有花。心里感激，便将早已完成的文稿又要回来细细过了一遍，虽也没做太多的增删，但它们值得被付出更多的珍重。

写这本书的时候，我取巧袭用了古籍中常用的体例，来重述每一种花的名称源流、艺文经历与奇闻逸事。既赏花赏景，又赏文赏情，将过去与现在、诗文中的花木与人们身边的花木联系起来，还有人们曾因这些美丽生灵而产生过的情丝、与它们发生过的故事，皆择取有风致者加以呈现。

木心先生曾说，“中国的‘人’内充满‘自然’，中国的‘自然’内有人”，这话很对。几千年来，人们生活在自然之中，朝夕相对，很难不对身边的一花一木产生感情。从先秦时的《诗经》、楚辞起，当第一个人开始了对花草的吟咏，中国的“人”与“自然”就联系起来了。

于是，在中国人的眼中，花草就不只是自在生长的生灵，而成为人们身边最常用来寄托感情的载体。古典作品中关于“香草美人”“花中君子”“岁寒三友”“草木有心，何求人折”之类的表达，屡见不鲜。花是草木之美者，是自然的精华，所以，花在自然中尤其显眼，也被人们赋予了更多的情韵与格调。

我们是人，它们是花，花而美不自知，人却能够感知，为之留下痕迹。于是原本自然而来自然而去的花，一进入人类世界，从此也有了历史有了故事。

于是我们听说，曾有人隐居山野，以梅为妻；曾有人迷途忘路，忽逢桃花林；曾有人与海棠他乡相逢，此后每岁花期，必沉醉其下；曾有人远游归来，为幽兰抚琴作歌。至于沉香亭畔，名花倾国；二十四桥，红芍独生；蔷薇花下，千金买笑；荷花深处，畅饮荡舟……凡此种种，无不让如今的我们清楚感知到，在几千年的长久岁月里，中国人在花开花落间释放的浪漫。

虽然人们很难单凭那些优美的诗文了解这些花草的形貌与特质，如果没有图谱，人们也很难单靠文字分辨出什么是荇菜卷耳，牡丹和芍药又有怎样的区别。但我们却能从中意会到：这些数之不尽的草木，是始终和人在一起的，很多时候，花木能够承载、感应甚至成全人的感情。所以，中国人、中国植物和中国文学之间数千年的联系是不能隔断的，也不该被忽略。

这就是我撰写《十花记》的初衷。当然清楚，比起那些更有意义的大事，这些花木“闲事”实在是微不足道的。它们也因此被长久地遗忘在历史的缝隙中，不常被众人注意。但天地有大美而不言，四时有明法而不序，我也曾听过这样的话——“若无花月美人，不必生此世界”，美存在于世间，是不该被辜负的。即便眼前的生活再繁冗匆忙，我们也该容下静心等一朵花开的闲情。曾想过用很长的时间来记录这样的事，近年也有一些具体的打算，这算是一个开端，期盼接下来能一步步慢慢实现。

这本书是当年怀着女儿的时候写的。彼时心有挂碍，如今回看，有一些未尽之处，多少也留有遗憾。但它天然带着最温柔的心意，就像在孕育一朵待开的花，此后我看到它便会想起，不可取代。都说一期一会，生命中的每一场相遇，都值得珍惜。

落花轻拍肩，悄然忽已远。千年以后，太多的人和事都消失了，但这些花事却被留了下来，我们的生活需要被点缀上这些关于花的往事。

是为十花记。

二零二零年四月

目录

梅花篇　疏影暗香　001
桃花篇　桃之夭夭　029
海棠篇　海棠春睡　055
兰花篇　空谷幽兰　081
牡丹篇　国色天香　107
芍药篇　芍药将离　135
蔷薇篇　蔷薇卧夏　163
荷花篇　芙蓉照水　185
菊花篇　采菊东篱　211
桂花篇　月桂香满　237
后记

梅花篇

疏影暗香

在古代乐府横吹曲调中，有一支名叫《梅花落》的笛曲。这支曲子曾风靡过好几个朝代。李白曾在黄鹤楼中听到过它，一时江城五月，落梅缤纷。高适曾在边关塞外听到过它，一时风吹一夜，香满关山。纵使百花都会落，但人们心里，总是以梅花落最美最特别。砌下落梅如雪乱，拂了一身还满，含章殿下醉卧的公主，孤山上耕读的隐士，古往今来，不知多少人曾沉迷于这样的落梅情境中。一岁之内，众芳之间，梅花最早盛开，这也令它无意中成为深冬天气中的主角，超然尘外。加上不知从哪里飘来的一股暗香，更是把梅花遥遥地送到了群芳的远处。此花开时幽独，等到它落瓣如雪后，群芳才渐次开放，天地进入繁盛时节。在这一开一落的轮回交替中，在可能与不可能、应该与不应该的重逢间，看花人有些意外："原来是梅花开了。"

释名

梅——《诗经》

时 英梅 雀梅——《尔雅》

江梅 消梅 红梅 杏梅 绿萼梅

重叶梅 鸳鸯梅——《梅谱》

腊梅 黄梅 檀香梅——《纲目》

疏影 暗香——《山园小梅》

梅先众木花，春在它开放后才缓缓归来，于是群芳之中，只它有春使的风范。梅色很美，品类也极多，红梅、黄梅、英梅、杏梅、江梅、绿萼梅、鸳鸯梅、重叶梅……一种是一种的风情，凑在一处，又立刻撑出一花当先的排场来。南宋名臣范成大喜爱梅花，他所著的《范村梅谱》，是世界上第一部专门记载梅品与梅花栽种方式的著作。《梅谱》一开篇就郑重其事地对世人说："梅，天下尤物，无问智贤愚不肖，莫敢有异议。"此言底气十足。

梅在古代典籍中，常与"杏"形影不离。两者树形、木叶、花形都很相似，前人在为《诗经》作疏时，就曾提到"梅杏相类"的情况。

李时珍曰："梅，古文作呆（槑），象子在木上之形。梅乃杏类，故反杏为呆。书家讹为甘木。后作梅，从每，谐声也。"或云："梅者媒也。"媒合众味，故《（尚）书》云："若作和羹，尔惟盐梅。"而梅字亦从某也。"①

反杏为呆，媒合众味，这段记录或可视作"梅"得名之源。中国古代许多风物的名字先天就带有一种莫名的契合感，总有一种天然如此的感觉。譬如桃之为"桃"，梅之为"梅"，看起来都是严丝合缝的合适，若对调过来，或是再另用一个其它名字，就会别扭起来。这当然也有人们源源不断地给它渗入信息的缘故，时枝日叶地增添，终至根深蒂固。

梅花先春而花，自古备受人们瞩目，而梅树盛长之地也多见于诗文典籍。秦地自古有梅花，《诗经·秦风》中唱道："终南何有？有条有梅。"终南山上有梅花，当时一定已是蔚然大观，才会被记入诗中。《山海经》中记载的灵山、岷山、崌山、岐山、云山之上也多见梅树。不像山中桃李灼目亲人，山林中的梅花，或许郁然成林，或许零星独立，自有一番野趣。《诗经》和《山海经》中都没有具体言明当中记载的梅花的品种，但看起来，此花该是江梅。如今常能在园林庭院中看到人工移植来的这种梅花，但在古代，它多是随意长在山林之中的野木。

江梅，遗核野生、不经栽接者，又名直脚梅，或谓之野梅。凡山间水滨荒寒清绝之趣，皆此本也。花稍小而疏瘦有韵，香最清，实小而硬。②

文中说得很笃定，凡山间水滨荒寒地生长、颇具清绝之趣的，都是

①明 李时珍《本草纲目》
②宋 范成大《范村梅谱》

这种花。江梅虽然是野生，但却因一派天然，反而最符合梅花给人的清绝印象。江南春早，其它梅花二月方才烂漫，唯有江梅冬至前便已开花。“梅蕊腊前破，梅花年后多。绝知春意好，最奈客愁何。雪树元同色，江风亦自波。故园不可见，巫岫郁嵯峨。”杜甫的诗作《江梅》直言此花花期很早，开在腊前与年后之间、冬春交界之时，是一春梅花的领袖。

早梅的开放像是打开了某个莫名的机巧，各类梅花跟着次第开放。古人为它们一一命名，并将它们记载在不同的古籍中：

官城梅 消梅 古梅 重叶梅 绿萼梅
百叶湘梅 红梅 杏梅花 腊梅
——《范村梅谱》

玉蝶梅 时梅 冬梅 墨梅 鹤顶梅 双顶梅
侯梅 紫梅 同心梅 紫蒂梅 杏梅 冰梅
——《群芳谱》

照水梅 品字梅 丽枝梅 九英梅 台阁梅
——《花镜》

且不说春时原本就有百花繁茂，单看这梅花属中的各类品名，就叫人忍不住向往春的生机。古梅、重叶梅、绿萼梅、百叶湘梅等，都是梅中名品，各具特色。古梅，顾名思义，一看就是古意盎然的品种。中国古人在梅花身上寄寓了高贵的品格和气质，其中，苍劲古朴就是它的气质之一。

古梅，会稽最多，四明、吴兴亦间有之。其枝樛曲万状，苍藓鳞皴，封满花身。又有苔须，垂于枝间，或长数寸，风至绿丝飘飘可玩。①

①宋 范成大 《范村梅谱》

枝干曲折有致，苍苔遍及树身，苍褐色上苍青渐染，确是沧桑有年头的样子。时人也将这种枝干上长满苍苔的梅树称作“苔梅”，然而这种样态其实也并不绝对和年头相关，也有年成不久的树苗上布满苍苔的。苔藓密集，虽然会封闭梅树的气眼，但梅花在苔藓的缝隙中冒出来，仍能因“气之所钟”而“丰腴妙绝”，这种奇异的样貌，恐怕就是姜夔词作《疏影》里的“苔枝缀玉”。两种看似毫不相关的植物，在此同生共长，彼此成全。古梅是梅花品类之一，如今人们时常言及的“古梅”，大多仍是指年头已久的那种。《梅谱》中特意记录了两株，一是一株名叫“梅龙”、相传为唐朝物的卧梅，二是一株大如数间屋、树下可围坐数十人的巨梅。人生几代，花开几回，古梅带来悠远的时空感，它是德高望重的树木。

古人云：“梅以韵胜，以格高，其香清幽而淡雅，其姿苍古而清秀。”梅花以有韵为胜，这是世人约定俗成的看法。比如同是春花，古人就曾取桃花与梅花相比，说梅花之美是源于香，而桃花之美是源于色。这说法有些主观了，或许只是世人为了证明“天下之美不可兼得”而强与的说辞。其实，即便是最寻常的梅花，淡然伫立在冬末春初的料峭微寒中，它的清丽也不输桃花，更何况还有各种奇种异品悦人心目。

重叶梅被认作梅中奇品，此花花头甚丰，花叶重叠数层盛开，状如白莲。最为奇异的是 “花房独处而结实多双”，变化多端。今人不多见这品梅花，但从南宋辛弃疾的《生查子·重叶梅》中的那一句“折我最繁枝，还许冰壶荐”可以揣测，它开花时该是颇为繁茂的。还有同样别致的绿萼梅，不像其它梅花花蒂多为绛紫色，此花枝梗花蒂皆为绿色，被比作道教仙女萼绿华，人间不多见，更为时人所重。

不能不说的还有红梅。红梅与江梅同开，两者红白相间，是早春园林中的绝景。历史上，红梅曾独盛于姑苏，为那座江南古城的早春带来斑斑点点的亮色。一直对《红楼梦》中“琉璃世界白雪红梅”一回印象尤深，里头妙玉的栊翠庵门前，那十数株红梅映着雪色，分外精神，引得大观园里的少男少女们发了好一通诗兴，也让大观园外的读者们见之忘俗。

不过，白雪红梅虽美，却也有人严肃地评点道："雪助花妍，雪冻而花亦冻，令人去之不可，留之不可，是有功者雪，有过者亦雪也。"作为这明艳美景的主角之一的白雪，充其量算功过参半。话虽煞风景，但事实的确如此，红梅映雪好看，但红梅原本是耐不得寒的，真正耐寒的是腊梅。生自江南的梅花，其实更适应温暖湿润的气候，它凌寒盛开在人们眼中是人间奇景，但对于它们却是一场浩劫。雪时看着精神，但雪后就会元气大伤。世间好物不坚牢，彩云易散，琉璃易碎，雪后红梅易凋零，这都是自然的选择。

艺文

疏影横斜水清浅，暗香浮动月黄昏。

——宋 林逋《山园小梅》

朔风如解意，容易莫摧残。

——唐 崔道融《梅花》

一树梅花开一朵，恼人偏在最高枝。

——宋 杨万里《探梅》

砌下落梅如雪乱，拂了一身还满。

——五代 李煜《清平乐》

零落成泥碾作尘，只有香如故。

——宋 陆游《卜算子》

旧时月色，算几番照我，梅边吹笛

——宋 姜夔《暗香》

在中国，哪里都不缺少喜欢梅花的人。既生有冷香，又不乏艳色，它实在太容易就叫人喜欢。但人间事的矛盾与遗憾之处就在这里，并不是所有喜欢都能发展至欣赏的地步，你能闻香识色，却不一定能再进一步——理解此花的与众不同。有人曾说：“梅花为天下神奇，而诗人尤所酷好。”这句话点得明白，若说天下谁能真正欣赏梅花特殊的冰雪情性，还应首推文人墨客。这里他们算占了个便宜，只因他们不光能赏，赏完还能执笔作录，留下众多冷香习习的诗文。

“旧时月色，算几番照我，梅边吹笛？”每次提起梅花，第一句想

到的总是这句词。看起来仿佛没有任何特别，只在平淡地叙述一个场景，但这场景太符合人们心中梅花开处该有的氛围——有人，有月，有花，有笛，共融成一场昏黄幽香的记忆碎片。这句词的作者是姜夔，当时他路过苏州，与范成大在他的石湖别业中相聚。这两人都很有才华，都曾经历跌宕，且都深爱梅花，这场相遇在后来被引为佳话。时值冬末，范成大家的凌霄园中寒梅盛开，姜夔客居于此，面对着这冬日里的繁花，旧情故忆被牵动，于是便引了北宋林逋咏梅诗《山园小梅》中最精彩的两句，作了两首梅花词，并自度其曲。范成大称赏不已，命人吟唱，音节婉转动人，这就是《暗香》与《疏影》。

旧时月色，算几番照我，梅边吹笛。唤起玉人，不管清寒与攀摘。何逊而今渐老，都忘却春风词笔。但怪得竹外疏花，香冷入瑶席。　　江国，正寂寂。叹寄与路遥，夜雪初积。翠尊易泣，红萼无言耿相忆。长记曾携手处，千树压西湖寒碧。又片片、吹尽也，几时见得。①

竹外疏花，香冷入瑶席，但这香一定不是浓密暖艳的，而是似有若无的。《暗香》中始终回旋着的连绵情感，透过它，可窥见诗人心头割舍不下的过去。每一句几乎都有花，而每一处梅花后，都有一个模糊存在的影子。梅花在此与玉人合而为一，多年前是姜夔心中不可取代的朱砂，多年后又成为他无法挽回的记忆。如果说花开象征着蓬勃的青春，那么花落就代表着衰落的年华，梅花落，照见的是世间万花共同的凋落。何逊与姜夔渐老，则直言世间所有的爱花人，都始终走在老去的路上。这里面有种永恒的失落感，红萼只能无言，人亦空有长念。

《暗香》里有许多情绪，《疏影》中则有许多故事。其中写昭君的那一句，“想佩环、月夜归来，化作此花幽独”，是想象出塞的王昭君

①南宋 姜夔 《暗香》

思念故土，遂于夜半化为梅花归来。当中有“幽独”一词，幽独，这个词很配梅花。

苔枝缀玉，有翠禽小小，枝上同宿。客里相逢，篱角黄昏，无言自倚修竹。昭君不惯胡沙远，但暗忆、江南江北。想佩环、月夜归来，化作此花幽独。　　犹记深宫旧事，那人正睡里，飞近蛾绿。莫似春风，不管盈盈，早与安排金屋。还教一片随波去，又却怨、玉龙哀曲。等恁时、重觅幽香，已入小窗横幅。①

虽然枝影扶疏，但《疏影》中的梅花却并不似《暗香》里开得那般寂寞。《疏影》中的梅花有伙伴，尽管只是小小的翠禽，但好歹枝上同宿。这个构思来源于《异人录》中梅花神与绿衣童子的传说，这引申有点神秘，作者像是正要展开来说，引人进入异境的时候，却又赶忙把词笔转回来。于是紧接着，许多人物次第出现。王昭君、寿阳公主、陈阿娇、李白，个个都是能带出故事的角色，但又彼此无关。此刻梅花让他们有了关联，人们静静看着梅花在不远处灵动飞舞，一会儿随波而去，一会儿化作美人，飘忽万变，四方点染，最终又消失不见。

《疏影》《暗香》是很有名的梅花词，宋以后的爱梅人几乎都读过它。人们或是感叹于姜白石描摹梅花的巧妙，或是往更深里探寻隐在梅花后面的情绪。但就是不往多了看，单就往返着读这两首词，感受字面中沁着的梅花香气，也让人愉悦。这两首词也有个脍炙人口的出处——北宋林逋律诗《山园小梅》的颔联两句：

疏影横斜水清浅，暗香浮动月黄昏。

两句十四余字，却成千古绝唱。其中的“疏影”与“暗香”是点睛

①南宋 姜夔 《疏影》

之笔，疏影是梅花的形与骨，暗香是梅花的味与韵，是梅花别于众花之所在。再加上清浅水与黄昏月的映照、“横斜”的逸致与“浮动”的飘忽，梅花的气质就这么被全面地烘托了出来。这两句实在耀眼，嵌在一首诗中，倒叫其他句子大为失色。其实，林逋也是借鉴了前人才有了这两句诗。那是五代一个叫江为的诗人的残句：“竹影横斜水清浅，桂香浮动月黄昏。”分明只是两字之差，绝韵立刻索然无味。两句原诗并非是在写梅，却也没有写出竹与桂的风姿。所以虽说明显是借鉴，但如果没有林逋改写后的那两句，恐怕早没有几个人能知道有个叫江为的人曾写过这么两句诗。不过还是应该感谢前代的江为给后代的林逋提供了这么个点石成金的契机。林逋和这两句残诗的相遇，是冥冥之中梅花对它们的成全。

林逋写梅花的诗作众多，包括上述那两首《山园小梅》，都写得十分传神写意。只因“疏影”“暗香”两句实在精彩，所以不作多赘，以免乱眼。林逋是一个奇人，一生不仕不娶，后来隐在孤山的碧水青山间生活，平时奇癖两桩，自言“以梅为妻，以鹤为子”。古往今来找不出几个这样的人，能以此深情来对待一花一禽。可能也没几个人能真正理解他，即便有几分理解，恐怕也没几个人能有他这样的魄力。他或许只是早早就明白，人活一世，知己最为可贵，只有如此，一个人作为个体的特殊性才能得到世界的回应，这知己不仅可以是人，有时也可以是一花一木。如此说来，林和靖与梅花相伴相知一生，看他为梅花所写的诗句，无论情感的深厚亦或灵魂的契合，都不亚于人世间任何一个深情的伴侣。浴梅宜隐士，从此之后，林和靖可以无恨，梅花若有知，也可无恨。

历史上名见经传的爱梅之人当然不只林和靖一个。元朝著名的画家、诗人王冕，也是其中之一。他曾于月下踏雪寻梅，且行且歌。“平生爱梅颇成癖，踏雪行穿一双屐”，“老夫见此喜欲颠，载酒大酌梅花仙”，潇洒放诞地喜欢，天上地下地寻觅，这种直白的热情很能感染人。今天许多人已不太熟悉王冕这个名字，但对他一黑一白两首梅花诗应该是耳熟的。

我家洗砚池边树，朵朵花开淡墨痕。
不要人夸好颜色，只留清气满乾坤。①

这首《墨梅》诗中，因诗人要借以自抒心志，所以几乎不加隐藏，将梅花的高洁与傲岸勾勒得显而易见。这首诗本是王冕为自己的画作《墨梅图》所写的题画诗。这幅画如今尚在，画中梅花以水墨点染，枝秀花朗，笔意清润，不作赘饰却神采非凡。不是爱梅懂梅的人，作不出这样的画。洗砚池引的是东晋王羲之的典故，相传书圣曾临池学书，日积月累，以至池水尽黑。此典几乎人尽皆知，诗人拿它来写梅，酿出一个别致的构思。长在墨池边的梅树盛开的花朵到底会不会点染墨痕不得而知，而此时在诗人眼中，被“污”了颜色的梅花的另一个特质——香却被凸显出来，充满乾坤的清香，强势的渗透感都让你觉得有些霸道了，不再如印象里那般飘忽出世。人与花在此融为一体，诗人是在借梅花与梅画，说他自己想说的话。

比起砚池边的墨梅，白梅在诗文中更多见些。比如王安石那首《梅花》：“墙角数枝梅，凌寒独自开。遥知不是雪，为有暗香来。”诗中花雪的分别，只缘暗香。王冕也有《白梅》诗，只是他这里面的香气就不再是似有若无的暗香了，而是同《墨梅》中一样，一经散出就存在感极强的“明香”。而他要表达的还不只是这些：

冰雪林中著此身，不同桃李混芳尘。
忽然一夜清香发，散作乾坤万里春。②

---

①元　王冕《墨梅》
②元　王冕《白梅》

诗人这是花了气力来塑造梅花的冰清玉洁，它不以香气来同冰雪区分，而干脆是由冰雪塑造的，这就把白梅的干净写到了极致，同时也用以自况，表明心志高洁。然后紧接着就拉桃李来作陪衬，桃李的明艳比起白梅的纯净，多沾染了几分尘世的气息。当然并不是入世的花就不可爱，只是偏爱梅花的人心中早有了偏爱，在爱梅人眼中，桃李的秾艳显得轻浮。当然，或许在爱桃人看来，梅的洁白也显得寡淡。

但梅也不总是寡淡的，在如今看来，早春时节，现代城市中的红梅仿佛比白梅还更多些。而在传统的中国画中，白雪红梅的搭配也是惹人注目得好看。最早的梅花开放也要等到小雪节气后了，这个时节，万物隐藏不见，地气上升闭塞成冬，黯淡的天地里竟突然生出这一红一白两种花来。宋代文豪苏轼写过一些咏红梅的诗词，择录其中一首《定风波》如下：

好睡慵开莫厌迟，自怜冰脸不时宜。偶作小红桃杏色，闲雅，尚馀孤瘦雪霜姿。　　休把闲心随物态，何事，酒生微晕沁瑶肌。诗老不知梅格在，吟咏，更看绿叶与青枝。①

这是苏轼写给他的一位朋友、同是北宋文学家的石延年的一首应答词。当时石延年先写了一首咏红梅诗拿来给东坡看，当中有这么一句：“认桃无绿叶，辨杏有青枝”，意思是若将红梅认作桃花，它却没有绿叶；认作杏花，它却有青色的枝条。写得平平，不过也算客观的描述，当时也有人称赏，但苏轼却不以为然，直言“诗老（指石延年）不知梅格在”。“梅格”即是诗人心中的梅花精神，苏轼觉得，不能因为它“偶作小红桃杏色”的闲雅，就忽略红梅在白雪中那份“尚馀孤瘦雪霜姿”的傲岸。诗中一用拟人，梅花立刻就有了灵魂。且这灵魂还是因花而异的，就好像

①元 王冕《墨梅》

同是佳人，就有清冷与热情的区别。东坡此时想写的就是个那么高冷的梅花佳人。他把红梅的形态刻画得很生动，有些慵懒，有些娇柔，同时又很聪明，能够洞明世态，明了“太高人愈妒，过洁世同嫌”的世间现实。往深里想一想会发现，这种“明了”下暗藏了深刻的无奈，或许它也不想总这么孤芳自赏、不合时宜，于是它学会了调整，尽管仍保留着“孤瘦雪霜姿”，却也知道“故作小红桃杏色”，偶尔美成另外一种样子。但梅花终究还是梅花，即便穿上和其它花相似的衣服，也坚守梅格仍在。所谓“梅格”，既是梅花的风骨，也是东坡的风骨。

东坡不只有风骨，他一生起落沉浮，要是别人怕早就经不住折腾了，但他却给人一种感觉，无论到什么境地，总带着他特有的乐观，迎着风刀霜剑，吟啸徐行。于是，就有一种闲情被这样的乐观催生而出。于是，无论在什么样的境遇下，苏轼总不乏闲庭赏花的心情。

湿云不动溪桥冷，嫩寒初透东风影。桥下水声长，一枝和月香。　　人怜花似旧，花比人应瘦。莫凭小栏干，夜深花正寒。①

这首词中始终有个朦胧的影子，孤单，清瘦，独自面对寒夜里月色中的一枝梅花。苏轼在这里没有多费笔墨来描绘这株月下寒梅的具体形态，而是着意去描摹一花一人的相对。人怜花旧，花比人瘦，梅花的面貌是清晰的，人的面貌却模糊着。而我们也不必执着探求词中人到底是谁，我们可以将他（她）看作东坡自己，也可以看作他心里真实或虚幻的一个美人。但无论是什么人，对于这种“夜深花正寒”的孤独，都是似曾相识的。这对今人来说也是一样，所有人平日里承担着各式各样的社会

①宋　苏轼《菩萨蛮》

角色，难以得到自在。只在一些特定的短暂场景里，才能短暂地属于自己。

有时候，与其说我们是爱某一种花、某一种事物，不如说我们爱的是那些旧物带起的一些氛围，一些能短暂地好好安置自己的氛围。而生长在清寒时节里的梅花，天然与那种清冷寂静的氛围相配。明代高启有这么一句诗：

雪满山中高士卧，月明林下美人来。①

后来这句诗被曹雪芹化用到《红楼梦》中，分别形容薛宝钗和林黛玉，但它原本其实是用来形容梅花的清高与傲岸，堪称花中的山中高士与世外仙姝。高启是明初著名的文人，当时颇受赞誉的“明初诗文三大家”及“吴中四杰”中都有他一席之地，且因“天才高逸”，在当时太过显眼，被誉为“明代第一诗人”，后因性格太过自我不容于朝廷，被明太祖朱元璋找了个由头腰斩于市，结局凄惨。这样的人爱梅花，是绝不会空赏其色而不追其魂的。高启曾作《梅花九首》，上引的这句诗就是出自这组诗。他在诗中书写梅花魂魄，将它远远隔绝成属于世外的一抹孤魂。这也是如高启这样的文人们经历波折后，最终愿意将自己的情怀安放的状态。

缟袂相逢半是仙，平生水竹有深缘。
将疏尚密微经雨，似暗还明远在烟。
薄暝山家松树下，嫩寒江店杏花前。
秦人若解当时种，不引渔郎入洞天。②

---

①宋 苏轼《菩萨蛮》

②明 高启《咏梅九首》其二

这是能在许多不经意之处寻到的梅花。傍晚山中松树之下，微寒早春杏花开前，就在不远处，仿佛想见便可见。但它却是将疏尚密、似暗还明的样态，又不是你能折取到的梅花了。诗尾做的这个假设很妙，将清寒的梅花与热闹的桃花联系在一起，应该很少有人会做这种联想的，毕竟武陵桃花的典故已深入人心，但世事多变，一时一地一人一物的错落，所导向的结局都会迥然不同。的确，如果陶渊明的桃花源外种的不是桃花而是梅花，那么故事就不再是那样一个故事了。

但比起桃花、杏花这些花，梅花与山中隐士的气质，总是贴得更近的。南宋诗人陆游也写过梅花这种隐逸的气质：

山月皓中庭，幽人酒初醒。
不是怯清寒，愁蹋梅花影。①

清寒笼罩下的梅花，幽旷孤独，和山中的夜月一起，被遥遥地隔在尘世之外。在这片时空里，只要梅花开在那里，所有来自尘世的喧嚣就挤不进去。宿醉未醒的幽人是这种魔力的见证，愁踏梅花影，是愁踏，也是不忍踏，这种不忍里，是诗人陆游对梅花并此情境深切的怜惜。既有怜惜，便自有当惜之处——惜它寂寞，惜它萧索，惜它被无情误伤。

驿外断桥边，寂寞开无主。已是黄昏独自愁，更著风和雨。
无意苦争春，一任群芳妒。零落成泥碾作尘，只有香如故。②

可是，开落与荣枯皆是人力不可更改的自然规律。人在世间有自己的遭际，花在自然中也有属于自己的状态。断桥，黄昏，风雨，零落……当梅花的这些情态落入有心人的眼中时，就将他们心中原本的种种情绪

---

①南宋 陆游《梅花》
②南宋 陆游《卜算子·咏梅》

缓缓催开。对着此情此景，联想过往岁月中的一些人和一些事，连花影都不忍践踏的爱花人，也只能空对着天地间隐约的梅香叹息。

还有比留不住花更残酷的——再狂热的惜花人，终究也会离去。今人熟知的南宋豪放词家辛弃疾，在历史上是个文武双全、英雄了得的人物，他在数十年的命途起落间，始终释放着热量，从未放弃过自己内心的追求，可惜他最想实现的抱负，命运最后也没有成全。这样的一个人，与梅花的气质是相衬的。

老去惜花心已懒，爱梅犹绕江村。一枝先破玉溪春。更无花态度，全是雪精神。　　胜向空山餐秀色，为渠著句清新。竹根流水带溪云。醉来浑不记，归去月黄昏。①

衰老带给人的感受是切身的，它如影随形地存在于人们的举手投足之间。年少时精力旺盛，对美的追逐像是从不会倦怠的，既有乱花迷眼，便顺势也一时有一时的喜爱。但老了就不一样了，从前的许多心思，不知不觉间就淡下去。有时自顾尚且无暇，遑论从前的爱花爱草之心。但即便如此，那绕村盛放、独破新春的梅花也是不能不看的。这份情感是穿透性的，透过花的美而易逝，直抵雪的清冷高洁。就像空山流水、明月溪云。

①南宋 辛弃疾《临江仙·探梅》

纪事

宋武帝女寿阳公主人日卧于含章殿檐下，梅花落公主额上，成五出花，拂之不去。皇后留之，看得几时，经三日，洗之乃落。宫女奇其异，竟效之，今梅花妆是也。

——《杂五行书》

梅妃，姓江氏，名采蘋，开元中侍明皇，大见宠幸。性喜梅，所居栏槛悉植数株，上榜曰梅亭，梅开赋赏，至夜分尚顾恋花下不能去，上以其所好，戏名曰梅妃。妃有《梅花赋》。

——《梅妃传》

林逋结庐西湖孤山，不娶，无子，多植梅畜鹤，因谓妻梅子鹤。

——《宋史·隐逸传》

因其先天下而春的机缘，还有累世的人们赋予它的那些美好的品格，梅花是从来也不缺少传说的。而当中最极致的风雅，当属寿阳公主梅花妆。

宋武帝女寿阳公主人日卧于含章殿檐下，梅花落公主额上，成五出花，拂之不去。皇后留之，看得几时，经三日，洗之乃落。宫女奇其异，竟效之，今梅花妆是也。①

①清 佚名《杂五行书》

寿阳公主是南朝刘宋开国君主刘裕的女儿。自古帝王的宫廷中，从来不缺少公主。这些身份尊贵的女子，尽管大多数生前都能享尽世间的富贵尊荣，但却极少有人能在去世后得到历史的青睐，留名千古。而这位寿阳公主，史书中没有其他明确的关于她的记载，如果不是那年人日她恰好在一片开有梅花的檐廊下沉睡，她也必然会同众多形象模糊的公主一起，湮没于浩繁的史籍之中。她留下的这个传说画面感太强，场景又太美——冬春交际的时日，梅花下沉睡的公主，被一阵风裹挟而下的花雨，恰好落在公主眉心的那朵小梅……看过就忘不掉。人日在每年农历正月初七，这个节日很古老，传说中女娲创世之初觉得世间寂寞，于是就在创造了牛羊等动物之后，在第七天创造了人。于是古人便将这一天定为人的生日。尽管今天已经不常听说，但这个节日在古代却备受重视，古人有在此日佩戴“人胜”“花胜”等头饰的习俗。与人胜、花胜是人们手工剪裁的不同，寿阳公主额间的那抹印记，却是无意飘落的一朵梅花印下的。寿阳公主的梅花妆，自宫中流传出去后很快风靡天下，后世女子纷纷效仿。自此以后，人们见到梅花就会想起她。

梅花清丽不俗，可以提升格调，古人常植以点缀园林。即便是园囿宫廷之中，栽种梅花的也不只是南朝刘宋的含章殿。这就牵扯出另外一个有名的与梅花相关的贵族女子——梅妃。尽管正史无记，但凡是对唐玄宗开元天宝事略有了解，应该都不会对这个名字感到陌生，她的事迹也零星见于晚唐及其后的一些稗史之中。宋人有《梅妃传》，详述其人：

梅妃，姓江氏，名采蘋，开元中侍明皇，大见宠幸。性喜梅，所居栏槛悉植数株，上榜曰梅亭，梅开赋赏，至夜分尚顾恋花下不能去，上以其所好，戏名曰梅妃。妃有《梅花赋》。①

学界关于梅妃是否真有其人的争论，多年来一直持续着。但无论真

①宋 佚名 《梅妃传》

假，千年前的人事，也不会因今人的争端论断而改变。但人们普遍愿意相信这个女子的存在，相信在距我们千年之久的那个盛世中，曾经有过这样一个女子。她性喜梅花，居住在种满梅花的宫室中；她淡妆雅服、姿态明秀，受过君王长久的钟爱；她曾于御前吹白玉笛，作惊鸿舞，令满座光辉。尽管后来杨贵妃的出现，使她失去了君王的爱幸，但后期清寒孤独的生活，却令她的形象与梅花更加贴近——梅花原也是不近人烟的。国人常以花作女儿名，但以花来作妃子名，却是不够庄重的。即便是开放如大唐，宫中嫔妃封号也以惠、贤之类的字眼为主。这“梅妃”却不一样，即便真有其人，恐怕也不会以“梅”字为封号，至多是君王的戏称，宫中因以流行。但一旦看见这“梅妃”二字，就感觉再没有其他封号能配得上那个深夜流连花下的女子了。

美人与梅花相得益彰，美人爱赏梅花的清态，梅花也成全了美人的风姿。男人们也爱梅花。南宋时期，杭州城中曾有一座颇具规模的梅园。梅园坐落在一片叫作“桂隐林泉”的园林建筑中，主人是当时颇有声望的文人——张镃。此人虽出身名门，但生性却不爱功名爱园林，“桂隐林泉”就是他私人园林的总称。张镃喜欢梅花，于是便于桂隐林泉中开辟了一个十亩的梅花园，先是移种了几十棵古梅，后来又收进了数百棵江梅，零零散散集了四百株之众。“花时居宿其中，环洁辉映，夜如对月”，故取名“玉照堂”。花胜时即便闭窗静卧，也可见抬头处疏影轻摇，鼻息间暗香浮动。虽然今天的我们再难感受这样的美，但就是透过文字想象，也仿佛能够嗅见玉照堂的阵阵冷香。有能力亲手为所爱的花营建氛围，张镃无疑是幸运的爱花人。可贵的是他并不专美，特意命人环绕梅园开凿溪涧，让院外舟船得以往来。而客人到桂隐林泉者，也必求访梅园玉照堂。当时杭州城中所盛传一句诗：“一棹径穿花十里，满城无此好风光”，说的就是此处。

张镃挚爱梅花，又常年游赏于梅花之间，于是，他在梅花的一轮轮开谢中，形成了自己的赏花心得。他所著的《玉照堂梅品》，是中国乃至世界上第一部专门论述赏梅方式及标准的著作。他认为，尽管天下爱梅之人众多，但却不是所有人都真正能赏、会赏的。这让作为玉照堂主人的张鎡无法接受，于是他细细理出五十八种观赏梅花的讲究，展于玉照堂中示众。这五十八条讲究大致分为四类：花宜称（赏梅最适宜的条件），花憎嫉（赏梅时最令人厌憎的事），花荣宠（会使梅花感到荣耀的事）和花屈辱（会使梅花感到屈辱的事）。五十八条讲究都说得很明白，把一个资深爱梅人的好恶呈现得一目了然。今天的我们，闲时如果能静下心来，将这五十八条花事都琢磨透了，或许就能体会到前人待梅花的极致痴情。

【花宜称（二十六）】：淡阴、晓日、薄寒、细雨、轻烟、佳月、夕阳、微雪、晚霞、珍禽、孤鹤、清溪、小桥、竹边、松下、明窗、疏篱、苍崖、绿苔、铜瓶、纸帐、林间吹笛、膝上横琴、石枰下棋、扫雪煎茶、美人淡妆簪戴。

【花憎嫉（十四）】：狂风、连雨、烈日、苦寒、丑妇、俗子、老鸦、恶诗、谈时事、论差除、花径喝道、花时张绯幕、赏花动鼓板、作诗用调羹驿使事。

【花荣宠（六）】：烟尘不染、铃索护持、除地径净落瓣不淄、王公旦夕留盼、诗人搁笔评量、妙妓淡妆雅歌。

【花屈辱（十二）】：主人不好事、主人悭鄙、种富家园内、与粗婢命名、蟠结作屏、赏花命猥妓、庸僧窗下种、酒食店内插瓶、树下有狗屎、枝上晒衣裳、青纸屏粉画、生猥巷秽沟边。

敢于先天下而春，梅花本就是有勇气的花朵。但这勇气却要付出代价，它需要面对遗世独立的孤独。尽管世人从来不吝于对它的诸多赞誉，古往今来也说不清多少文人雅士或将它引为知己，或借它阐明己心，但如果梅花果真有着与世相违的孤傲品格，不知是否愿意接受这来自异类的过分热情？或许它是不在意的，它选择在那么冷的时节降生，可能正是想省去那被人过分围观的热闹，只想随意地生长在一个角落，兀自舒展疏影、释放暗香。

桃花篇

桃之夭夭

一直觉得，世上若无桃花，那春天的旖旎之色怎么也会淡三分下去。原本桃树的性子是漫不经心的，一年当中，大多数的时候它都在沉睡着。如果不刻意留心，你甚至记不清它究竟是在哪儿静静立着，只留下模模糊糊的印象——不远处有株桃树。但在春天的某一天，你突然就发现它醒了，满枝的柔粉哗啦一下子冒了一树，粉中还点缀着几抹新绿的叶，组合出属于春的俏丽。若能蔚然成林，则更了不得，那年暮春，曾在终南山下遇见了几十里的桃花林，春天的晨雨初歇，山脚下的薄雾缓缓散开，几十里柔柔的浅粉轻红被压在远山淡淡的青黛下，终南山下像铺了一层氤氲的桃花毯。被那一幕的美所震惊，于是忍不住追念，昔日陶渊明的武陵溪上，刘禹锡的玄都观里，崔护的当年门里，吴越王的如今陌上……尽是桃花色。

释名

桃（《诗经》） 旄 东桃 榹桃

山桃（《尔雅》）

杝桃（《大戴礼记》） 扁桃

王母桃（《西阳杂俎》）

猕猴桃 金桃（《海录碎事》）

绛桃 绯桃 千叶桃 美人桃

二色桃 日月桃

鸳鸯桃（《广群芳谱》）

武陵花（《桃花源记》）

“桃红柳绿”这样的词见得多了，桃花便不免给人以流俗的印象，可它确实是很好看的花。常见的桃花颜色艳丽，是最能代表春色的花卉之一，因它常开放于农历三月，于是这个月份便因此得了一个“桃月”的名字。清代《广群芳谱》中记录了常见的桃花形貌：

> 有红、白、粉红、深粉红之殊。他如单瓣大红，千瓣桃红之变也；单瓣白桃，千瓣白桃之变也。烂漫芳菲，其色甚媚。

花早易植，木少则花盛，种类颇多。①

“烂漫芳菲，其色甚媚”，这八个字恰当地涵括了桃花给人的印象。尽管一染“媚”字，古人向来引为高标的“气节”“风骨”之类它就够不上了，可桃花原本就是这样“妩媚艳丽”，在春光里格外令人目眩神迷。桃花在人们心目中的存在感向来是很强的。人们见它明艳张扬的色泽，很自然地就会想起少女明媚的青春，还有初见时未经离殇的爱情。这种印象，与诗经中一首很有名的诗有关，先秦的人们在诗中这样唱道：

桃之夭夭，灼灼其华。之子于归，宜其室家。
桃之夭夭，有蕡其实。之子于归，宜其家室。
桃之夭夭，其叶蓁蓁。之子于归，宜其家人。②

“桃之夭夭，灼灼其华。”这是在用桃花的美来比兴，祝贺一位少女的出嫁。其中的“夭夭”和“灼灼”，两个词都是在形容桃花的张扬、繁盛与明媚，这是属于青春的美。这个搭配很合乎常理，在古人的认知中，女子该以盛时而嫁，阳春三月，风华正茂的少女从夭夭灼灼的桃花林中经过，踩着一地桃花瓣，走向她前途未卜又不得不往的人生。

李时珍曾为“桃”字释名：“桃性早花，易植而子繁，故字从木、兆。十亿曰兆，言其多也。”这里解释了桃花之所以被人另眼相看的原因，它有强大的后援——“有蕡其实”“其叶蓁蓁”，这里隐喻着中国古代社会对女子婚后的期待，希望她能嫁而有子，为夫家多多地绵延后嗣，同时能持家有道，兴旺家室。

桃花易植而多子的特性更为人们带来了实惠。古代有民谚说：“白

①清 王象晋《广群芳谱》

②先秦《诗经·周南·桃夭》

头种桃。”就是说桃树和其他树种是不一样的，不需要经历“十年树木”的过程，所谓“桃三李四梅子十二”，就是说桃只需要三年，就能开花结果，比梅李等其他树种都要快，所以即使是白头老者栽桃，也能享受到桃树的果实。

桃花开得相对早，古人认为它“性早华”，《礼记·月令》中说：“仲春之月，始雨水，桃始华，仓庚鸣，鹰化为鸠。”其实说起来也不算是开春后第一阵地的花木。但这里时间的早晚像是带有某种隐喻，《逸周书·时训解》中说：“惊蛰之日，桃始华，桃不华是谓阳否。”惊蛰之后，桃花开始缓缓盛开。古人将桃花不按时开放视为不祥之兆，仿佛它的开放隐含着天地间某种信息，于是有了神性。这种神性并不显得突兀，桃这种植物在中国人眼中向来带有神秘的色彩，罗愿《尔雅翼》中说：

东海中有度朔山。上有大桃木，蟠屈三千里，其枝东北，曰鬼门，万鬼之所出入。有二神人，曰神荼、郁垒。主阅众鬼之恶害人者，执以苇索，而用以饲虎，黄帝法而象之。驱除毕，因立桃梗于门户上，画郁垒执苇索焉。①

西方在中国古代神话中代表着极乐世界，人们将其视为桃的故乡，于是桃木便也成了传说中的仙木，有压邪驱鬼的作用，这也是所谓“新桃换旧符”传统的由来。寿桃也是广为人们所知的神物，《西游记》中，孙悟空盗取的王母园中的蟠桃，吃了可以延年益寿。古代关于寿桃的传说很多，东方朔的《神异经·东荒经》中提到东方曾有过一株高约五十丈的桃树，“其子径三尺三寸，和核美食之，令人益寿”。

开在这样神异之木上，又能生出这样的神异之果，人们就觉得，桃花要比其他花卉多出几分灵性。宋代《埤雅》中提到一则汉武帝故事，

①宋 罗愿《尔雅翼》

其中说：

海上有蟠桃，三千霜乃熟，一千年开华，一千年结子。东方朔尝三盗此桃矣。按仙家日月，长其果之华，实自然久也。

要用千年的岁月来换一次开落，世上的草木都比不上它。而且桃还易植易活，四海之内处处都有它的踪迹。《山海经》等古籍中记录了许多长满桃树的仙山：

边春之山多桃李。
岐山其木多桃李。
灵山其木多桃李。
卑山其上多桃李。
桃生太山川谷。
……

桃既是仙木，那么长着桃树的山川便也氤氲着仙气，同时也不忘向人间传递各式各样的传说。比如《拾遗记》中，螃螗山就有一种青黑色的桃花："地寒则桃树千围，其花青黑色，万岁一食。"还有如今我们还能见到的扁桃，唐书文中载："扁桃出波斯国，波斯呼为婆淡树。长五六丈，周四五尺，叶似桃而阔大，三月开花，白色。"有黑有白，还有其他的，听起来已经不像人们所熟悉的桃花了，但却莫名地与尘世隔出了一段距离，让人们站在凡间的芳菲色下遥遥向往。

桃花还可以入药。古时的医者将桃花摘下，洗拣干净后盛在绢袋中，再悬挂在干燥通风处待用。桃花气味苦平无毒，和水或者同酒之类的饮品一起饮下，能改变人的气色。南朝著名医药家陶弘景在著作中记载道："服三树桃花尽，则面色红润悦泽如桃花也。"不光内服，外用也是好的，

北宋的中医全书《圣济总录》中说：

> 三月三日收桃花，七月七日收鸡血，和涂面上。三、二日后脱下，则光华颜色也。

除了能使人恢复光华的容色，桃花还有治疗脓疮、利痰散淤、减缓积痛等作用。

桃花的品种很多，如今我们在一些桃园，总能深红浅红地数出一大堆不一样的品种。前人为它们取了许多名字，都是名如其花，艳丽动人。《广群芳谱》中就记载了如下数品：

> 绛桃，千瓣。绯桃，俗名苏州桃，花如剪绒，比诸桃开迟，而色可爱。千叶桃，一名碧桃，花色淡红。美人桃，一名人面桃，粉红千瓣，不实。二色桃，花开稍迟，粉红千瓣，极佳。日月桃，一枝二花，或红或白。鸳鸯桃，千叶深红，开最后。瑞仙桃，色深红，花最密。又有寿星桃，树矮而花亦可玩。巨核桃，出常山，汉明帝时所献，霜下始花。十月桃，十月实熟，故名，花红色。油桃，月令中桃始华，即此。其华最繁，文选所谓山桃发红萼，是也。李桃，花深红色。

各色桃花在三月时凑在一起，葳葳蕤蕤地开上一春光景。绛桃、绯桃、碧桃、美人桃……浅粉深红的铺叠中，偶尔也点缀上一星半点的白色，那是日月桃的一枝二花，一白一红并蒂双生，像是来源于花的分歧，又像是某种奇妙的联结。明代王世懋有一部《花疏》，说起“桃花种最多”，但“其可供玩者莫如碧桃、人面桃二种”，这是带有个人审美喜好的挑剔，非要在群美之中选出更出挑的来。其实盛放的桃花哪有不美的呢，柔弱的花瓣或疏或密地一层层堆上去，单层的看着轻盈，重瓣的觉得馥郁。如果你在三四月时踏入过植满桃花的春山，一进山口就能遥遥看见，不同浓度的桃红在春山的浅青色里缓缓漾出不同层次的明艳，恰似一个尘世中的佳人躲进深山沉睡过一个冬季后，又于世外悠悠醒来。

桃花到如今都是人们眼中常见的花木，年年岁岁，只要春时花期一至就能重见，像是一个故人。而由古至今，各地也都有不同的品种。一些地区的方志古籍中零星记载有一些地方的桃花，摘取如下：

历城县：方产桃花，历有数种。独绛桃、碧桃佳形。扁者曰扁桃，冬熟曰秋桃，又佛抬手桃。

曹县：物产桃，白碧桃、红绛桃、浅红伊桃、粉红绯桃。

桐城县：方物桃花，有红白二色。五月早桃，七月秋桃，十月冬桃，皆可食。又有绛桃、碧桃，花皆千叶，子不可食。

清河县：物产有桃，桃之佳者，曰坠枝白，曰蒋家红、曰金桃银、桃鞭、杆桃。

看这字里行间绛碧白红的种种颜色，我们不难想象，每逢花期，有幸生在这些地方的人们，会怎样迷醉于眼前那落英缤纷、红粉氤氲的桃花色。

艺文

忽逢桃花林，夹岸数百步，中无杂树，芳草鲜美，落英缤纷，渔人甚异之。

——晋 陶渊明《桃花源记》

桃花流水窅然去，别有天地非人间。

——唐 李白《山中问答》

去年今日此门中，人面桃花相映红。

——唐 崔护《题都城南庄》

烟水茫茫，回首斜阳暮，山无数，乱红如雨，不计来时路。

——宋 秦观《点绛唇》

桃花坞里桃花庵，桃花庵下桃花仙。桃花仙人种桃树，又摘桃花换酒钱。

——明 唐寅《桃花庵歌》

一说起桃花，武陵源总是绕不过的。那是读过《桃花源记》就深深植入心中的缤纷绮梦，我们或多或少都会期盼着，哪天能有机会变成晋太元中的那个武陵人，在一次沿着春溪的远行中，在山重水复疑无路的时候，“忽逢桃花林”。陶渊明在《桃花源记》中构造了一个他理想中安宁和乐的世界，这个世界与现实的空间之间，相隔了一层粉色的屏障。“夹岸数百步，中无杂树，芳草鲜美，落英缤纷”，文中的武陵人，文外的我们，都要穿过这片毫无杂质的桃花色，才能继续通往纵深处那片“不知有汉，无论魏晋”的世外天地。这片与世隔绝的天地是人们心中的理想境界，人们希望它存在，但它却遥远得仿佛不存在，或者说根本不可能存在。这样出世的超逸，该拿什么花来为它打底呢？空谷幽兰的隐逸气质是不是合适？还有陶渊明独爱的菊花，那种恬淡安闲的感觉不是也与之相配？但陶渊明并没有选它们，他独选了桃花，且并不只是一株，而是一片桃花林，开得明媚热烈，谢得落英缤纷。在人们的心里，桃花原不是世外之花，它一贯属于喧嚷的红尘。于是，此时此刻，红尘与世外，现实与理想，就这样联系了起来。从此，桃花源成为世人心中可望而不可即的避世胜境，文章里的高尚士刘子骥想去找，文章外的世俗之人也想找，但全都没有结果。唐代著名山水诗人王维还曾照着《桃花源记》中的意旨写了一首七言古诗《桃源行》，有保留也有演绎，有想象也有古意，称得上一篇佳作：

渔舟逐水爱山春，两岸桃花夹古津。
坐看红树不知远，行尽青溪不见人。①

诗文中那与世隔绝之境虽不存在，但世间的桃花林却是不少。如果愿意留心，很容易在各地的方志中看见一笔笔桃花艳色：

桃花峰下有桃花源、桃花溪，处处皆桃花。②

西湖栖霞岭，以岭上桃花烂漫，色如凝霞，故名。③

宁波府城东，旧传刘、阮采药于此，春月桃花万树，俨若桃源。④

---

①唐 王维 《桃源行》
②清 《黄山志》
③清 《西湖志》
④明 《浙江通志鄞县地理》

桃源洞，即汉永平中刘晨、阮肇遇仙处，涧之东坞有桃数畦，春时花光射目，红雨点缀芳草，如踏锦茵。①

古田县黄檗山多桃树，下有桃坞、桃湖、桃洲，春月不减武陵。桃溪在黄檗山下，春风微和，夭桃夹岸，亦胜境也。②

“桃花万树”“夭桃夹岸”“色如凝霞”“花光射目”，桃林的绚烂遍布三山五岳，人们若往山里探去，不知哪一刻的峰回路转之后，就会像武陵人般偶遇一片桃林。这原本只源于自然的无心，但因为世外桃源的传说，它染上了尘世的牵念，“世外”也就成了人们心目中桃花最理所当然该在之处。清人李渔在《闲情偶寄》中言及桃花，说它“不得于名园，不得于胜地”，而是要在“乡村篱落之间”和“牧童樵叟所居之地”，才能得到观赏桃花真正的乐趣，别处是不行的。诗仙李白曾于一个春夜醉于桃李园后，写下那篇大名鼎鼎的《春夜宴桃李园序》，记录下一个“桃李之芳园”中的一场“天伦之乐事”。众人在桃花下欢畅地推杯换盏，高谈欢歌。文中好些句子写得极洒脱漂亮：“天地者，万物之逆旅也；光阴者，百代之过客也。”在上百字的小文中，桃花的形象在当中并不明显，更多的是与李花一起，作为百花中“红之极纯”与“白之至洁”的代表。你换上春夏秋冬任一美丽的花，其实也能达到“开琼筵以坐花，飞羽觞而醉月”的效果，所以李渔下面这句关于观赏桃花之地的话说得十分中肯：

如仅载酒园亭，携姬院落，为当春行乐计者，谓赏他卉则可，谓看桃花而能得其真趣，吾不信也。③

---

①唐《天台山记》

②明《花史》

③清 李渔《闲情偶寄·桃花》

于是你便常能得见，人们观赏桃花，就常爱跑到郊外去。百姓们看桃花，文人墨客们就将观赏桃花的经历写下来，明代王衡有《东门观桃花记》，清代朱鹤龄有《西郊观桃花记》。不是在东就是在西，反正总不在城中就是了。王衡是明代著名的剧作家、书法家，万历年间的殿试榜眼，万历时期首辅王锡爵的儿子。他出身名门，很有才华，时评他“学殖益富，能诗善书，散华落藻，名动海内”。他的才华于他这样的家世来说本来应该是锦上添花的事，但正因他的家世，他的才华反而为门第所掩，在他父亲在朝为官以及之后相当长的一段时间内，为免瓜田李下之嫌，他都未曾参与科举，直至王锡爵致仕十年之后，他才参加科举，并一举考取榜眼，从最官方的角度令天下不得不承认他的才华。由他的经历就能够看出他性格的清傲与不屑流俗。如果以世俗的常理推之，这样一个人，所爱的花草自当是梅兰竹菊岁寒三友一类，但却偏偏不是，他在文中直言不讳地表示：

余性独深爱桃花，每春未尝不游，游必遍。①

王衡不附庸君子风雅，他在文中嘲讽时人的虚伪，“盖今人多伪而雅，而吾吴尤甚，兰、菊几家置一谱焉，次则君竹而友松”。把事物人格化甚至理想化是中国文学的传统——人们爱一种事物，往往不是因其本身而爱，而是因社会赋予其的各种信息而喜爱，未必是真的喜爱，而是由世俗的评价而虚假地表示出爱，这种状态几乎约定俗成。但王衡不，他独深爱桃花，这种在他眼中“甚嫩美”的花木，有着与众不同的娇美姿态。“桃花亦醉面垂垂，傍水洗妆不轻见头额也”，桃花像个山野中微醉的美人，天然有野趣。

桃花真的美，但它的美在山野，恣意烂漫，落在人眼中，就难免显

①明 王衡《东门观桃花记》

得不够自矜。于是便有好事者品头论足，论及“桃价不堪与牡丹作奴”，直言其身价远没有牡丹高贵。于是王衡笑问：“品花乎？品价乎？”这种无谓的态度说明王衡真的领悟了美的真谛，他这一问，问得好事者哑口无言，世间巧愈不似，似愈不真，同是造化孕育的美，一品与一品都有分别，怎能轻易衡量以贵贱。用标价来标榜事物的好坏，恰恰是不识其真味的表现。何况对象还是花卉，那是自然造就的生命，并不需要过多世俗的眼光。

明代著名的风流才子唐伯虎也爱桃花，他作有《桃花庵歌》，以逍遥的桃花仙人自比，描摹自己恬淡自在的生活：

桃花坞里桃花庵，桃花庵下桃花仙。
桃花仙人种桃树，又摘桃花换酒钱。
酒醒只在花前坐，酒醉还来花下眠。

入诗便迎面扑来的六个“桃花”，一下子就将读者拉扯进了一个桃花的世界，诗中的主人公无所事事，终日只和桃花美酒为伍。酒醒时就在桃花前独坐，酒醉了就在桃花下熟睡，一派醉生梦死的情状。桃花与美酒，在此俨然构成了他全部的生活。这样的生活听起来构成要素虽少，但实则难以实现。唐伯虎是在表达他的生活志向：“但愿老死花酒间，不愿鞠躬车马前。”桃花对于他来说，是隐逸生活的良伴。

如果说唐寅的这首桃花诗还是在用桃花自况，多少还沾染有尘世的气息。那么在李白的《山中问答》中，桃花连人间都不再属于，跟人就更扯不上关系了，它已追逐流水而去。

问余何事栖碧山，笑而不答心自闲。
桃花流水窅然去，别有天地非人间。①

---

①唐 李白《山中问答》

这首诗和李白其他的许多诗作氛围都不同，淡得看不出任何心情的痕迹。“养成廊庙之才，已优于学；终作山林之隐，自安其命”，这虽说是古代不少读书人选择的人生，但怎么看也不属于性情飞扬跋扈的李白。面对世人的询问，诗人只笑而不答，扭头闲看桃花流水的恬淡风景。既是“非人间”，那如“花红易衰似郎意，水流无限似侬愁”般属于人世的感伤也就不宜再有了，有的只能是“窅然而去”般幽邃深远的意态，桃花身处这样的氛围中，浓也淡了，近也远了，再不是农家篱舍边的那抹惹眼的春色了。

但并不是人人都能像李白，能将原该有的感伤都勾扯得恬淡。宋代秦观的词作《点绛唇》，更能承载世人心中桃花流水所该有的伤怀之情。

醉漾轻舟，信流引到花深处。尘缘相误，无计花间住。
烟水茫茫，回首斜阳，暮山无数。乱红如雨，不计来时路。①

花间尘缘误，乱红如雨，无计留春住。其实，暮春时的桃花，的确就像人们从秦观词作中感受到的，美虽美矣，但却“如时女游春，终伤婉弱”。但草木有灵，有时也会在人们想不到的地方带给人惊喜。白居易曾于孟夏时入山游玩，写下一首颇为别致的《大林寺桃花》，很受传诵：

人间四月芳菲尽，山寺桃花始盛开。
长恨春归无觅处，不知转入此中来。

已至夏初，城中的春花早已谢尽，没想到却在山林之间又遇到这不可能之景，这惊喜突如其来：“大林穷远，山高地深，时节绝晚，于时孟夏（农历四月），正如正、二月天，梨桃始花，人物风候，与平地聚

①宋 秦观 《点绛唇》

落不同，初到恍然若别一世界者。”山高地深，时节绝晚，于是出现在此地的桃花便被引以为异。今天我们可以用“山地气候”的迥异来解释这一不同寻常的现象，但在认知尚达不到如此程度的古代，人们却能因此得到刹那的惊奇与欣喜，就像是在某一瞬间误入了另外的时空，这种惊喜成全了这样一首清新有趣的小诗。其实，不只高山上，深谷中也能不时发现晚开的桃花。唐代刘禹锡就有《晚桃》诗：“四月深涧底，桃花方欲然。”可作为白诗的映衬。

如今常能在一些故事中看到个别能够烘托气氛的花木，所谓花叶不共生、花叶不相见云云。当中最负盛名的要属曼殊沙华，又称彼岸花。其实真实的自然界中，这样的花也不少，比如梅花，盛开时就只见花不见叶。而桃花则是花叶共生，娇俏的桃红中缀上几点葱绿，这种属于春天的清纯搭色让它看起来生机盎然。南朝沈约有《咏桃》诗：

风来吹动叶，风去畏花伤。红英已照灼，况复含日光。
歌童暗理曲，游女夜缝裳。讵减当春泪，能断思人肠。①

风来叶动，风去花伤，这种微动的变化牵动诗人的心绪，牵连起他温柔的感情，桃花周边的一切都仿佛被晕染上了柔和的光，自然开始思念。说起来，桃花虽总盛放于田畴野外，但的确是没有那种遗世独立的气质，它太绚烂热情，容易被盛时的景况拉来作为陪衬，于是便也容易在物是人非后令人触景伤情。

日子总是很经不得过的，有时候人们明明感觉青春尚未远去，转眼间却已至暮年。少年时繁花匆匆过眼，没有过多的时间能够用来回忆往昔。到有时间回望时，又被乱花迷眼，已看不清来路。而桃花一定是其中一道明艳的亮色，诗人杜甫曾在春时于江畔寻花，也不知是经过哪一个转角，

---

①南朝 沈约《咏桃》

他为一树桃花停了下来。“桃花一簇开无主，可爱深红爱浅红”，红红粉粉，深深浅浅，漂亮得很有层次，有不少惜花人都曾注意到这种绮丽的层次，中唐诗人元稹这样写桃花色彩的斑驳：

> 桃花浅深处，似匀深浅妆。
> 春风助肠断，吹落白衣裳。①

桃花深浅色，美人深浅妆，不难理解的类比，但开得再艳丽的桃花，也总有凋落的一天。很喜欢后面“春风助肠断，吹落白衣裳”的柔婉，落了的桃花不能再像枝头上那般“含笑夸白日”，而是变成小小淡淡柔柔的粉，碎缎似的铺落在白衣上。等待这个场景需要一份温柔的心境，徐梵澄先生有一句小诗，“落花轻拍肩，悄然忽已远”，倒是可以相和。

> 岭梅香雪飘零尽，繁杏枝头犹未。小桃一种，妖娆偏占，春工用意。微喷丹砂，半含朝露，粉墙低倚。似谁家卯女，娇痴怨别，空凝睇、东风里。　好是佳人半醉。近横波，一枝争媚。玄都观里，武陵溪上，空随流水。怅恨如红雨，风不定、五更天气。念当年门里，如今陌上，洒离人泪。②

若说“桃之夭夭，灼灼其华”，是人们触目桃花的第一印象，那么晁端礼的这首《水龙吟》，说的就是桃花的前世今生。梅花谢后，红杏开前，桃花的时机赶得恰好，因而得以暂时独领风骚。花期自是它的佳期，本也说不上是要与谁争媚。但那样的绚烂娇媚落于人的眼中总也不容忽视，于是人世间便有了这样那样关于桃花的故事——刘禹锡的玄都观里，陶渊明的武陵溪上，崔护的当年门中，尽是桃花色。

---

①唐 元稹《桃花》

②宋 晁端礼 《水龙吟》

纪事

北齐卢士深妻，崔林义之女，有才学。春日以桃花和雪靧儿面，咒曰：取红花，取白雪，与儿洗面作光悦；取白雪，取红花，与儿洗面作研华；取花红，取雪白，与儿洗面作光泽；取雪白，取花红，与儿洗面作华容。

——《史略》

御苑新有千叶桃花，帝亲折一枝插于妃子宝冠上，曰，此个花尤能助娇态也。

——《开元天宝遗事》

范纯仁女孙病狂，尝闭于室中，窗外有大桃树一株，花适盛开，一夕断棂，登木食桃花几尽，自是遂愈。

——《鸡肋编》

唐代有一首流传很广的桃花诗，至今许多人都耳熟能详，诗人这样写道：

去年今日此门中，人面桃花相映红。
人面不知何处去，桃花依旧笑春风。①

---

①唐 崔护《题都城南庄》

这首诗的作者名叫崔护，唐代博陵人，曾登进士第，生平事迹不详。但他却有幸以诗传世，在全唐诗中得了一个“清新婉丽”的诗名，尤其上面这一首《题都城南庄》，淡淡几笔摹及桃花美人，抒发景物依旧、人事全非的怅惘，其中的桃花作为“物是人非”的那个物，以极强的存在感在不断更迭的人世中，对着春风笑了一千多年。唐代的《本事诗》和宋代的《太平广记》记载了关于这首诗的故事：

唐崔护举进士不第，清明独游都城南，得村居，花木丛萃，叩门久之，有女子自门隙问，对曰：“寻春独行，酒渴求饮。”女子启关，以盂水至，独倚小桃柯伫立，而属意殊厚。崔辞，起送至门，如不胜情而入，后绝不复至。及来岁清明，径往寻之，门庭如故而扃矣，因题诗于左扉，云：“去年今日此门中，人面桃花相映红，人面不知何处去，桃花依旧笑春风。”后数日复往，闻其中哭声，护叩门，有老父出，曰：“君非崔护耶？”曰：“然。”曰：“君杀我女，吾女笄年未嫁，自去年以来常恍惚如有所失，比日与之出，归见左扉字，入门遂病，绝食数日而死。”崔大感恸，请入哭之。尚俨然在床，崔举女首，枕以股，大呼曰：“护在斯！护在斯！”须臾开目，半日复活，老父大喜，以女归之。

这个故事很浪漫，尤其是后半段少女起死回生、有情人终成眷属的桥段，倒像是从《唐传奇》里挑出来的，带着明显的逸事色彩。在这场发生在都城南庄外的美丽邂逅里，有春风和暖，有桃花人面。这场桃色艳遇给诗人留下了极深的印象，念念不忘的诗人在第二年的春天重访故地。可是，尽管此时的桃花开得同去年一样好，但姑娘却再不见踪迹了。这段经历读起来，容易让人产生一种似曾相识的真实，在漫长的一生里，人们实在太容易在某时某地遇到这么一段当时氛围极美、后来想起却令人惆怅的往事。于是人们喜爱这首桃花诗，后代对之亦有多种演绎，北宋词人贺铸有《定风波》一词，其中就有半阙提及这桩韵事：

露萼鲜浓妆脸靓，相映，隔年情事此门中。粉面不知何处在，无奈，武陵流水卷春空。

武陵流水卷春空，造化自有造化的规律，人们对此束手无策，那么人对自己的命运，是否有掌控的能力呢？唐代《本事诗》中还记载了诗人刘禹锡两度赏桃花的经历，这回不是轶闻，而是真实发生过的事。

刘尚书（禹锡）自屯田员外左迁朗州司马，凡十年始征还。方春，作《赠看花诸君子》，诗曰："紫陌红尘拂面来，无人不道看花回。玄都观里桃千树，尽是刘郎去后栽。"其诗一出，传于都下，有素嫉其名者，白于执政，又诬其有怨愤。他日见时宰，与座，慰问甚厚，既辞，即曰："近有新诗，未免为累，奈何？"不数日，出为连州刺史。其自叙云："贞元二十年春，余为屯田员外时，此观未有花。是岁出牧连州，至荆南，又贬朗州司马。居十年，诏至京师，人人皆言有道士手植仙桃满观，盛如红霞，遂有前篇，以记一时之事。旋又出牧。于今十四年，始为主客郎中，重游玄都，荡然无复一树，唯兔葵燕麦动摇于春风耳。因再题二十八字，时太和二年三月也。"诗曰："百亩庭中半是苔，桃花净尽菜花开。种桃道士归何处？前度刘郎今又来。"

刘禹锡的这首《戏赠看花诸君子》诗也十分有名。玄都观里，桃花繁华千树；玄都观外，游人纷至沓来。这首诗写得很热闹，诗中桃花开得热闹，诗外游人也看得热闹。玄都观里桃千树，灼灼的繁茂下是一派欢欣，这是一场春日里众人赏花的寻常事，原本从中看不出什么别的痕迹，最多也就是让人联想起当年桓大司马那一句著名的感叹："昔年种柳，

依依汉南；今看摇落，凄怆江潭；树犹如此，人何以堪！”只不过刘禹锡这里反其道而行之，写的不是昔盛今衰，而是昔无今有。但他还是在“尽是刘郎去后栽”一句透露出一些端倪，原来这其实是一首讽喻诗。十年之前，刘禹锡参加一场政治革新失败，被当权者贬出长安，十年后才又被召回长安。这首诗便是写于此时，诗中玄都观里的桃花暗喻的是他离开长安后朝廷中越来越得势的新贵，而之前喧喧嚷嚷的看花人，是诗人在讽刺那些趋炎附势攀权搭贵的小人。“尽是刘郎去后栽”，有冷眼旁观的傲骨，有不屑同流合污的气节，这样的讽刺不可谓不尖锐，没有几个遭受过波折的人能有这种不管不顾的气骨，因为这势必要付出代价。果然，刘禹锡很快就再次被贬出长安。

没人能想到他还能再回来，但他不仅在十多年后又回来了，还没有忘记继续写诗讽刺当年那群赶走他的人。他再游玄都观，再写桃花诗。屈指十年，风云又变，当年玄都观中赫赫扬扬的桃花早已经不见了踪影，就连当时种植桃树的道士们也已不见踪影，原先种植桃树的田亩之中，居然已是桃花净尽菜花开。岁月的变迁总赶不上人世的更迭，当年叱咤一时的当权者也早已时移位易，不再有当年的声势。在玄都观桃花的一有一无、一盛一衰之间，所有的一切都改变了。可是刘禹锡却在离开归来再离开后，又一次回来了。前度刘郎今又来，在他饱经风霜后的微笑下，除了嘲弄那些以为可以轻易掌控他人命运的人之外，还余下无穷的感慨。

桃之夭夭，灼灼其华，惊蛰之后，芳菲乍现，桃花从来不是什么名贵的珍品，甚至更多被植于城外的田埂陇亩之中，等着花落成果。千百年来，它开在人们视线所及的不远处，也开在人们遥遥向往的至远处，有人因之驻足，有人因之迷醉，有人因之怀远，还有人因之参禅悟道。但也可以不必加上这诸般衍生的，你单纯就看那潋滟了三月的桃花色，它是天地赐给仲春的惊喜，其他本也缤纷的月份被这样一比，不得不静默下来。

海棠篇

海棠春睡

苏东坡有句很有名的诗，写海棠花开在夜色中的清纯样态："只恐夜深花睡去，故烧高烛照红妆。"一品花竟美到这地步，在它开着的时候，人们连睡眠都成了奢侈，小心翼翼到不知怎么对它才好。海棠不算日常的花，似乎不时会听到它的名字，却又仿佛从未相识。小时候，曾误以为隔壁家种着的那盆朱红色泛蜡色的花朵就是海棠，因为长辈们都这样叫它。后来才知道，那其实是秋海棠。两花名称相近，却是截然不同的两个品种，就是今日门纲目科地列出来，二者也不能算是近邻。我是在十几岁才第一次见到真正的海棠，它已是一棵小树的姿态，点点斑斑，盈盈坠坠，柔粉色的轻光在春风里晃荡。它像是带着淡淡的骄傲，俯视着一旁看花的人。从此彻底记住海棠。

释名

海棠——《山海经》
海红——《纲目》
秋海棠——《群芳谱》
贴梗海棠——《群芳谱》
垂丝海棠——《群芳谱》
西府海棠——《群芳谱》

海棠也是在中国植根已久的花木，《山海经》中已有它的名字："岷山，其木多海棠"，"中皇之山，其下多蕙棠"。人们早就发现了这款清丽的花，并记录下它的踪迹。如今一些城市中海棠常被用作绿化植物，于是无需刻意，仲春时节，不知会在哪个角落里，人们的视线就会被它的一树柔光所摄。

海棠是有故乡的，有人说它产自蜀地。宋代沈立的《海棠记》里面写道："蜀花称美者，有海棠焉。"海棠原多见于此，不过在早些时候，尽管海棠盛于蜀，却并不受到蜀人的重视，直到宋真宗御制《后苑杂花》十首，以海棠为首之后，天下人才知海棠之美，在某些时候，它几乎可以与牡丹抗衡。海棠虽独步蜀中，但也有人说海棠的家乡其实更远，段成式《酉阳杂俎》中提到：“花名中之带海者，悉从海外来”，故以它名字中的“海”字，认为它是舶来品。传说纷纭，但不论如何，后来海棠便在此扎下根系，繁衍开来，让天下人都有缘一睹它的美丽。

海棠盛于蜀，而秦中次之。其株翛然出尘，俯视众芳，有超群绝类之势。而其花甚丰，其叶甚茂，其枝甚柔，望之绰约如处女，非若他花冶容不正者比。盖色之美者惟海棠，视之如浅绛，外英英数点如深胭脂，此诗家所以难为状也。以其有色无香，故唐相贾耽著《花谱》，以为花中神仙。①

《群芳谱》中称赞海棠“翛然出尘”，别于众芳之上，有“超群绝类”之势。或许会有人觉得这话说得过了，的确，天下从不缺好看的花，何况它也并不像“国色天香”的牡丹那样受到广泛的推崇。但海棠之美却有不同，它从不孤独地存在，一树倾下的繁茂中，有枝柔，有叶茂，有花盛，星星点点地连在一起，这才是海棠。海棠之色也是难以描摹的，宋人曾这样记载它浅绛深红的变化：“其红花五出，初极红，如胭脂点点然，及开则渐成缬晕，至落则如宿妆淡粉矣。”变化奇妙，言语难以详说。不过，世间总有美中不足，于海棠而言，其不足之处，便是无香。

北宋音乐家彭几曾与人言及其一生五恨：“一恨鲥鱼多骨，二恨金桔带酸，三恨莼菜性冷，四恨海棠无香，五恨曾子固不能诗。”后来民国才女张爱玲引其中的“鲥鱼多骨”与“海棠无香”进入她的“人生三恨”之中，渐渐广为人知。海棠无香，从此由一人之恨渐变为天下之恨。而无香之花何其多，唯独海棠与众不同，得此待遇。但不是所有的海棠都无香味，因为这个遗憾被天下人所知，所以哪里有一点异常就格外得显眼。

---

①明 王象晋《群芳谱》

昌州海棠独香，其木合抱，每树或二十馀叶，号海棠香国，太守于郡前建香霏阁，每至花时，延客赋赏。

蜀嘉定州海棠有香，独异他处。①

昌州和嘉州都在蜀地，相比起来，昌州的海棠之香更有名些，故而被称为“海棠香国”。这个名称最见于自南宋地理学家王象之的《舆地纪胜·静南志》：“昌居万山间，地独宜海棠，邦人以其有香，颇敬重之，号海棠香国。”每次在古籍中看到类似的古老传言，虽然已经遥远得不能触及，但仍会觉得颇为奇异。就像这一条，万山的环抱之中，安静地盛开着一种世人皆知却与天下相异的奇异香花，这传说原本就像在释放一种引人寻幽的魔力。而关于这个海棠香国，历代皆有逸闻，其中有一则与刚才提及的彭几有关。

相传，彭几有一好友曾被做昌州知州差遣，彼其却因故而自改知鄂州。彭几知道后非常不悦，专程前往责怪友人自作主张弃佳郡而不去，友人异之，自觉昌州并不比鄂州富庶安逸，一时摸不清佳州一说所为何来。彭几却说“天下海棠皆无香，唯昌州海棠独香，不是难得的人间佳境吗？”读来令人莞尔，彭几真是个痴人。

海棠自古以来便品类甚多，垂丝海棠、西府海棠、贴梗海棠、木瓜海棠，都是其中的佳品。《群芳谱》中分别详细地介绍了它们的形貌：

海棠有四种，皆木本。贴梗海棠，丛生，单叶，枝作花磬口深红，无香，不结子，新正即开，亦有四季花者，花五出，初极红，如胭脂点点然，及开则渐成缬晕，至落则若宿妆残粉矣。垂丝海棠，树生柔枝长蒂，花色浅红，盖由樱桃接之而成，故花梗细长似樱桃，其瓣丛密而色娇媚，重英向下有若小莲。西

①明 张所望《阅耕余录》

府海棠，枝梗略坚，花色稍红。木瓜海棠，生子如木瓜，可食。①

贴梗海棠火红色，总给人的印象是最火热的。这种海棠盛开时深红似火，热烈得堪比红梅，这抹火红在后来与它的盛状一起渐渐消退，直至零落委尘。垂丝海棠，顾名思义，花朵形态亦如细柳低垂。垂丝海棠并非醒目的大红色，而是很柔和的轻粉，在融融的春色里十分悦目。它又名有肠花，象征游子离家思乡、柔肠百结，是我最喜欢的品种。很少有花是这样的情态，娇柔处惹人怜惜，最适宜在春光大盛时看它，很有少女柔情万分的模样。西府海棠因生长于西府（今陕西省宝鸡市）而得名，它耐寒耐旱，在北方其他城市中也很常见到，是人们亲近的花木。木瓜海棠以果实得名，《长物志》中说："木瓜花似海棠，故亦称木瓜海棠。但木瓜花在叶先，海棠花在叶后，为差别耳。"其花色繁华烂漫，也是花中名品。

还要提一提总被与海棠相提并论的秋海棠。秋海棠不是海棠，尽管在很长的时间里它都被我错认为海棠。《群芳谱》中提到它：

秋海棠，一名八月春，草本，花色分红，甚娇艳，叶绿如翠羽。此花有二种，叶下红筋者为常品，绿筋者开花更有雅趣。

比起海棠动辄一树的繁英，盛开于秋日的秋海棠明显娇小些。总见它生长于庭院的角落，或是被移入室内装点家居。秋天毕竟比春天寂寞，尽管有像秋海棠这样的佳木点缀秋容，但人们却不禁替这些花木觉得寂寞了些，于是便为它们搭伴儿——"宜于幽砌，北窗下种之，傍以古拙一峰，菖蒲、翠筠草皆其益友也。"

---

①明 王象晋 《群芳谱》

艺文

只恐夜深花睡去，高烧银烛照红妆。

——宋 苏轼《海棠》

浓丽最宜新著雨，娇娆全在欲开时。

——唐 郑谷《海棠》

但得常如妃子醉，何妨独欠少陵诗。

——宋 范成大《赏海棠三绝》

试问卷帘人，却道海棠依旧。

——宋 李清照《如梦令》

他年绛雪映红云，叮咛风与月，记取种花人。

——宋 刘克庄《临江仙》

一从梅粉褪残妆，涂抹新红上海棠，春天到海棠花开的时候，天地间便彻底热闹起来。即便是在几十步开外遥遥相看，也会被那一树的浓英灼了眼。海棠也是存在感极强的花，一旦被人发现，就很难再被隐入丛中。这样扑面而来的美丽，裹挟了浓烈的青春气，让人忍不住渴望将它们牢牢握于手中。苏东坡有首海棠诗，很经典，写的就是这样的不舍。

东风袅袅泛崇光，香雾空蒙月转廊。

只恐夜深花睡去，高烧银烛照红妆。①

这首诗虽然没有直接描摹海棠，却是众多咏海棠诗中的绝唱，千年以降，依然脍炙人口。东风袅袅，春光融融，明月淡淡，夜色幽幽，海棠在这样的氛围里缓缓倾吐着幽香。这是只有春夜才能拥有的美，诗人正放任自己沉湎其中，明月却转过回廊，仿佛不愿再照耀海棠了。这微妙的变化立时引起了爱花人深切的怜惜，一个“恐”字写出他的忧惧和急切，这样美好的花，谁能忍心让它就这样沦入无人欣赏的晦暗之中？谁又能甘愿放任它轻易堕入睡眠呢？于是，痴情的诗人点起银烛，想要为它驱散来自黑暗的寂寞，留住这一夜的美丽。

这首诗写于苏轼被贬黄州期间，我们可以看到许多带着背景的解读。我们暂时不将视线聚焦在这，只从诗里感受他对海棠的痴情。而这黄州海棠，于他还另有不同的意义。当时苏轼初来黄州的时候，还未从乌台诗案的阴影中走出来，整个人仍如惊弓之鸟。因他是获罪贬官，只有挂名而无实职，在黄州也没有住所，所以只能寓居在黄州城中一座名为定惠院的小寺庙中。不难想象，在这段时期，苏轼的生活是如何的黯淡。但在某一天，连日来的黯淡中却突然出现了一个不可思议的惊喜——他竟在定惠院东边杂树丛生的小山坡上，发现了一株海棠。苏轼是蜀地之人，海棠是蜀地之花，这场“他乡遇故知”给了身处谷底的苏轼非同一般的慰藉。他在欣喜之余写下一首长诗，名为《寓居定慧院之东，杂花满山，有海棠一株，土人不知贵也》，其诗这样写道：

江城地瘴蕃草木，只有名花苦幽独。
嫣然一笑竹篱间，桃李漫山总粗俗。
也知造物有深意，故遣佳人在空谷。
自然富贵出天姿，不待金盘荐华屋。

①宋 苏轼《海棠》

朱唇得酒晕生脸，翠袖卷纱红映肉。
林深雾暗晓光迟，日暖风轻春睡足。
雨中有泪亦凄怆，月下无人更清淑。

在一众杂草杂花间，作为名花的海棠显得尤为刺目，不过它却仿佛浑不在意的模样，即便是身处僻地竹篱间，也一样恬淡自如，并不需要金盘华屋的标榜来自抬身价。这株海棠的境遇应该是令苏轼联想起自己的处境，于是他带着理解设身处地地来写它，写它朱红花色、青翠枝叶的秀美，写它林深雾绕、日暖风轻的惬意，写它雨中独立、月下相思的孤独。于是这株黄州海棠的形象就这么立了起来，有别于天下任何一株。千载之后，人们依然能够看到苏轼与这株海棠初见时的心动：

先生食饱无一事，散步逍遥自扪腹。
不问人家与僧舍，拄杖敲门看修竹。
忽逢绝艳照衰朽，叹息无言揩病目。
陋邦何处得此花，无乃好事移西蜀。
寸根千里不易到，衔子飞来定鸿鹄。
天涯流落俱可念，为饮一樽歌此曲。
明朝酒醒还独来，雪落纷纷那忍触！

忽逢绝艳照衰朽，贬谪流放之身仿佛瞬间就被一道无言的光芒击中。但如此名贵的异地之花，突然出现在此处还是太突兀了，是好事者从蜀地移来的吗？如果是，为什么又将它弃置于此？那花种是迁徙的鸿雁衔来的吗？如果是，那么它岂不是跟他一样，同在天涯流落。这首诗写得很深情，苏轼把他淡淡的身世之感融在诗中，于是既像在写海棠，也像在写他自己。后来这株海棠成为苏轼在黄州数年间的牵挂，年年花期，他都会专门前来探访。他还在文章《记游定惠院》中满怀深情地写道：“黄州定惠院东，小山上，有海棠一株，特繁茂。每岁盛开，必携客置

酒，已五醉其下矣。”后来这株海棠所属的小山易主，新主人整饬园林，许多杂木遭清理，这株海棠却因苏轼的青睐而被保留下来，也可称作一段奇缘了。

对海棠的大规模吟咏是在宋以后展开的，在唐之前，它似乎并没有过多地吸引世人的目光。这也不难理解，世上繁花似锦，足够让人眼花缭乱，尤其到了唐朝，绚烂富丽的牡丹缠绵住了天下人的视线。海棠一直在别处沉默着。宋代陈思著《海棠谱》，他在自序中说：

> 世之花卉，种类不一。或以色而艳，或以香而妍，是皆钟天地之秀，为人所钦羡也。梅花占于春前，牡丹殿于春后，骚人墨客特注意焉。独海棠一种，风姿艳质，固不在二花下，自杜陵入蜀，绝吟于是花，世因以此薄之。其后都官郑谷已为举似。本朝列圣品题，云章奎画，烜耀千古，此花始得显闻于时，盛传于世矣。

文中提到两种更加有名的花——梅花与牡丹，它们一个占春于前，一个殿春于后，独占天时，因此特别引人注意。而风姿艳质并不在二者之下的海棠，却因为得不到文人墨客的提携而湮没无名，很让人觉得惋惜。这里说的杜陵就是杜甫，他曾在蜀地寓居数年，对所见风物多有吟咏，却对这蜀地奇花只字未提。晚唐都官郎中郑谷喜爱海棠，他写诗惋惜：“浣花溪下空惆怅，子美无情为发扬”，替海棠曾经的寂寞岁月执笔，抱怨本可以改变它们命运的诗人的“无情”。但杜甫本不是无情的人，他爱花，爱世间姹紫嫣红的颜色，甚至还曾直言“不是爱花即肯死，只恐花尽老相催”。正因如此，他对海棠的漠视才显得不合常理，引起后人诸多揣测。其中有一说接受的人最多，即认为杜甫之所以只字未提海棠，是因为他母亲的名字就叫海棠。古人对避讳的讲究很严，这个解释的确很有合理性，只是年代久远，谁也不知真伪。也可能就像苏东坡说的，“却似西川杜工部，海棠虽好不吟诗”，他只是刚好没有写罢了。

但这样的花，是不用担心无人吟咏的。刚刚提到的郑谷就有一首有名的咏海棠诗，这首诗很清新，诗里的海棠形象亦十分明丽：

春风用意匀颜色，销得携觞与赋诗。
秾丽最宜新著雨，娇娆全在欲开时。
莫愁粉黛临窗懒，梁广丹青点笔迟。
朝醉暮吟看不足，羡他蝴蝶宿深枝。①

即便是放在春日盛开的群芳中，海棠的样貌也是足够显眼的。春风既然都愿意成全它的颜色，自然也会有人甘愿为它饮酒赋诗，徘徊不已。在由始而终的美丽中，诗人敏锐地捕捉到了它最美的样子——新沾雨珠后、将开欲开时。不止一个人注意到这个时刻，宋代陈与义也有诗说：“欲识此花奇绝处，明朝有雨试重来。”海棠将开欲开时花色的微妙变化，衬上春雨晶莹的光点，是它最美的形貌，恰似少女初妆娉婷的姿态。这样的美好会让人忘情，于是，美丽的女子因观赏它而懒于梳妆，技艺精湛的画者也迟迟难以下笔描摹。有限的花期催出无限的怅恨，如果可以，爱花人情愿一直一直看下去。但雨落海棠也会带来遗憾，那是在海棠将落的时节。李清照有首传唱很广的《如梦令》，里面就写到在一夜雨疏风骤之后海棠花的模样——“知否知否，应是绿肥红瘦”，而所谓“海棠依旧”，则只能是美好的憧憬。

海棠在宋代得以闻达于时，盛传于天下，自宫廷至民间，皆为人所爱，独领风骚。宋朝几位皇帝都留有咏海棠诗，比如宋太宗的《海棠》：

每至春园独有名，天然与染半红深。
芳菲占得歌台地，妖艳谁怜向日临。
莫道无情闲笑脸，任从折戴上冠簪。
偏宜雨后看颜色，几处金杯为尔斟。②

①唐 郑谷《海棠》
②宋 宋太宗《海棠》

一代帝王也不吝在诗中表达自己对海棠的钟爱。春园之中的万紫千红再不入眼，纷扰间只有海棠之名是清晰的。因为有君王的青睐，于是它得以被种植在最显眼的地方，得以被往来的达官贵人折取簪戴。尤其宋代本就有簪花的传统，想海棠不分男女地艳上人头、袅袅摇摇的画面，实在很有趣。即便朝政繁忙，君王也不曾错过它雨后娇妍的模样。几处金杯为尔斟，如此闲适浪漫的生活情味，很能衬上宋廷的风雅。

自海棠进入天下人的视线以后，世上便再不乏如苏东坡一样喜爱海棠并乐于为之吟咏的文人墨客。南宋陆游有一首《海棠歌》，写他初入西蜀见到当地海棠后的观感，诗句里满是爱慕情深，读后令人印象深刻：

我初入蜀鬓未霜，南充樊亭看海棠。
当时已谓目未睹，岂知更有碧鸡坊。
碧鸡海棠天下绝，枝枝似染猩猩血。
蜀姬艳妆肯让人，花前顿觉无颜色。
扁舟东下八千里，桃李真成仆奴尔。
若使海棠根可移，扬州芍药应羞死。
风雨春残杜鹃哭，夜夜寒衾梦还蜀。
何从乞得不死方，更看千年未为足。①

世上本有“人外有人，山外有山”之说，而自此海棠诗后，就该再添一条“花外有花”了。当日陆游初入蜀中，便已被当地海棠的颜色所惊艳，却没想到还有碧鸡海棠，才是真正的绝艳天下。绝色的美人无法与它相比，否则也不会花前顿失倾国色；明艳的桃李无法与它相比，否则也不会有人将它们贬成奴仆。甚至连“花相”芍药也无法与它相比，否则骄傲如它又怎会含羞待死。蜀地的杜鹃鸟留恋它的颜色，即便远飞也时常魂梦

① 宋 陆游《海棠歌》

相寻。客蜀的诗人为之甚至生出无妄的贪心，希望能够求来不死的仙方，好让自己守着这绝色海棠千年不死。明朝汤显祖曾写过情的力量，言之有“生可以死，死可以生”的魔力，而美则又是另一重奇迹，到了一定程度，也是可以达到这样的制高点。

春时的海棠树红英点点，远看总是繁华灿烂的样子，只有靠近了才能发现，早春青翠叶片的掩映下，淡淡胭脂初点，每一朵有每一朵的颜色，每一朵是每一朵的娇柔，比梨花多了几分妩媚，比桃花又添了几分清丽。晁补之的《洞仙歌》里这样唱它：

群芳老尽，海棠花时候。雨过寒轻好清昼。最妖饶一段，全是初开，云鬟小，涂粉施朱未就。　　全开还自好，骀荡春馀，百样宫罗斗繁绣。纵无语也，应心恨我来迟，恰柳絮、将春归后。醉犹倚柔柯，怯黄昏，这一点愁，须共花同瘦。①

不是开春的梅，也不是送春的荼蘼，海棠开在群芳仍在之时。那时天已回暖，除非时逢宿雨，一天之间总是充斥着融融的暖意。乍暖还寒的时刻也是好的，那一树初开的娇红受了雨水，点点晶莹，愈发像个未施粉黛的美人了。身旁姹紫嫣红的热闹，恰好反衬出它的清姿丽质来。它始终默然无语，对外界的热闹全无兴趣，但又像是对人有情，不然又怎么会“心恨我来迟”呢？

尽管这样的想象多是出自人们的多情演绎，但赏花人对海棠的情意却是真实的，不然怎么会有人一而再地唱起这样的歌：

海棠枝缀一重重，清晓近帘栊。胭脂谁与匀淡，偏向脸边浓。看叶嫩，惜花红，意无穷。如花似叶，岁岁年年，共占春风。②

①宋　晁补之《洞仙歌》

②宋　晏殊《诉衷情》

看叶嫩，惜花红，意无穷。年年岁岁幽赏时，人与花同瘦，年年岁岁幽赏后，人与花俱老，但当时春风里氤氲的气息，却长久地留存下来。得与这样美的花相伴一段时日，今后无论处在怎样的境遇里，回忆中都会有这么一抹淡淡的海棠色。总会有人为此执着，为此痴迷，甚至发出“只为海棠，也合来西蜀”的感叹。

垂丝海棠是海棠中的名品，一丝一缕，晃晃荡荡，最是悠闲的模样。我在江南求学时常见此花，或在小园中，或在小桥下，它低头垂目，静默地享受江南温柔的烟雨和阳光。宋代范成大曾为垂丝海棠写真：

春工叶叶与丝丝，怕日嫌风不自持。
晓镜为谁妆未办，沁痕犹有泪胭脂。①

古籍中记载，垂丝海棠是在樱桃树上嫁接而成，所以它的花瓣重密，玲珑却不单薄。叶叶丝丝，嫌风怕日，是海棠垂丝的娇柔。晓镜临妆，胭脂沁泪，是海棠姿态的妩媚。于是，垂丝海棠历来受到人们的钟爱。

除此之外，还有一种黄海棠也非常名贵，此花我从未见过，据说它初开时为鹅黄色，盛开后则变为浅红色，在诸品海棠中尤为名贵。古人有诗描写它的奇异：“轻如红豆排冰雪，一拂新鹅色更奇。不觉浓阴破明玉，有情谁解赏离披。”造化竟孕育出这样的异色，谁不渴望分享这奇花初胎的惊喜?

美好的事物，会让人对生活充满希望。如果一个人爱上海棠，那么年年海棠花期将至时，他自然而然就会有所期待。

今年春色可胜嗟，二月山中未见花。
长忆去年今夜月，海棠花影到窗纱。②

---

①宋 范成大《垂丝海棠》

②宋 程敦厚《惜海棠开晚》，此诗作者一作张九成，题曰《二月八日偶成》

春已归来，天地融融，可是不知何故花却失信，直至今日都没有再来。但是记忆里的画面却还是那样清晰，去年春夜月色正好时，海棠花影映上窗纱。但这种人是物非的怅惘并不会持续太久，因为海棠总会再开，丝丝缕缕落窗成影的画面，也还会再见。

但人却总是会老的，少年时寻花的记忆再怎么鲜活，也会在岁月中一日一日地积累出距离。可毕竟还是会有怀恋，这或许也是时光终究淘洗不尽记忆的缘由。

落魄长官江海客，少年万里寻春。而今憔悴向溪滨。断无觞咏兴，惟有簿书尘。　　手插海棠三百本，等闲妆点芳尘。他年绛雪映红云。丁宁风与月，记取种花人。①

当年万里寻春的少年，如今已变成落魄江海的旅客，当年一咏伴千觞的情景，也成了前世的记忆，眼前只剩半生憔悴影，一床书染尘。不想再往后想，但却由不得自己不想。好在，尽管天地始终在演进着，但海棠的美却不会变。于是眼前便有了能做的事——手插海棠三百本，等闲妆点芳尘。这不仅是眼前的赏心悦目，还能寄托得更久远些。他年红云绛雪纷纷，物是人已非，但今日手植的海棠还在，它在替我们活，替我们美，替我们叮咛风与月，记取当年种花人。

①宋 刘克庄《临江仙·县圃种花》

纪事

明皇登沉香亭，召太真妃，于时卯醉未醒，命力士使侍儿扶掖而至，妃子醉颜残妆，乱钗横，不能再拜，明皇笑曰：岂妃子醉，直海棠睡未足耳。

——《冷斋夜话》

石崇见海棠叹曰：『汝若能香，当以金屋贮汝』。

——《王禹偁诗话》

海棠桥在衡州西，桥南北皆植海棠，宋有书生祝姓者居此，秦观尝醉宿其家。

——《南宁府志》

昌州海棠独香，其木合抱，每树或二十馀叶，号海棠香国，太守于郡前建香霏阁，每至花时，延客赋赏。

——《阅耕馀录》

《平泉草木记》里曾说，凡花木以海为名者，都是从海外来，比如海棠。如今我们并不知道此言最早出自何处，言者又有什么根据，而到了后来，海棠为蜀花的说法流传得更远，或许第一个在蜀地见到海棠的人，曾惊艳于它不同流俗的美，发出过“有如此花之奇异者，不知从何处飞来”的感叹，于是便有人将海棠的“海”与海外的“海”联系了起来，认为它来自远方。

可海棠毕竟是出现在人们的眼前了，于是从此以后，天下间仿佛处处都是海棠。

海棠川在西充县，环绕县治，上多海棠，因名。①

海棠池在城西北五里，环池皆植海棠，为郡守宾僚游宴之地。②

海棠溪在府治南，因上多海棠，故名。③

海棠山在州西，山多海棠，为郡守宴赏之地。④

海棠桥在横州西，桥南北皆植海棠，有书生祝姓者居此，宋秦观尝醉宿其家。⑤

海棠川、海棠池、海棠溪、海棠山、海棠桥，都是张口就来的名字，看起来全然漫不经心，但繁花似锦的颜色，却早就沁在这名字中了。离得近的人们有福气，年年春来，郡守带头去观花宴赏。离得远的人们也有了向往，像在《南宁府志》中提到的那座海棠桥。相传在那座遍植海棠的桥边，曾住着一个姓祝的书生，当年大名鼎鼎的词人秦观赏完海棠花，就在他家里饮酒，醉后便住在那里。第二天醒来，看着眼前海棠花牵起的无穷春色，他兴致很好地写词赞叹道：

唤起一声人悄，衾暖梦寒窗晓。瘴雨过，海棠晴，春色又添多少。　　社瓮酿成微笑，半缺瘿瓢共舀。觉健倒，急投床，醉乡广大人间小。⑥

---

①《顺庆府志》

②《黎州志》

③《保宁府志》

④《嘉定州志》

⑤《南宁府志》

⑥宋　秦观《添春色》

苏东坡听闻此事，非常喜欢这首词。或许，这令他想到了当年谪居黄州时，曾携客“五醉其下”的那株海棠树。谪居的日子难免消沉，那株与他一道突兀出现的海棠树，却为他的那段生活增添了明亮感。苏轼曾为海棠做过许多吟咏，还曾将它比作黄州的一位美人。当年苏轼谪居黄州时，他的才名便已远播天下，故而到处都不乏向他求取诗文笔墨的人。当时黄州乐籍中有许多歌姬也都纷纷向苏轼求诗，苏轼也都一挥而就，从不吝啬。其中有一个名叫李宜（一作李淇）的歌姬，色艺俱佳，但却因不善言谈而迟迟没能求到苏轼的诗作。直到苏轼得到诏令即将离开黄州前，她才终于得到一个机会向偶像求诗。苏轼看她许久，命她磨墨取笔，为她写下一绝云：

东坡五载黄州住，何事无言及李宜。
却似西川杜工部，海棠虽好不吟诗。

将眼前的美人比作海棠，又将自己比作没有给海棠花留诗的杜甫，幽默诙谐，引得满座击节笑叹，李宜也欣喜不已，她知道自己的名字从此就算留下了。

古代被比作海棠的美人可绝不止李宜一个，还有一位家喻户晓的美女，也曾得此美喻。她就是杨贵妃，“海棠春睡”的典故，就是自她而来。当年唐玄宗登沉香亭，召杨贵妃来相见，谁知贵妃酒醉未醒，玄宗便令高力士使侍女将贵妃扶来。只见杨贵妃鬓发散乱，残妆未去，步履摇晃，不能行礼。玄宗见状笑道：“岂妃子醉，直海棠睡未足耳。”醒时雍容华贵如牡丹的杨贵妃，醉后则变成了“春睡未足”的海棠。世人从没有吝啬过对这个女人的美的赞誉，“雨过温泉浴妃子”的画面既美且艳，美的是妃子，也是海棠。

海棠给世人带来了诸多惊喜，有人说，它自海外而来，是造化赐给世间的礼物。它从梅花处接过春信，一朵一朵徐徐绽开，经历由极红变淡再成为宿妆的过程，愉悦了千百年来无数道欣赏视线。但它也是无意

争春的，所以也不似桃花灼灼。它清丽却繁茂的姿态，再点缀上早春微寒的雨点，斑斑点点，丝丝缕缕，静默地立在不远处，只等着你一见之后，盼着又见。

兰花篇

空谷幽兰

兰花和人世间有距离，这并不全是因为它是自深山而来。世间许多草木都来自深山，但并非所有草木都能和它一样，得一个“空谷幽客”的名号，这是种很难得的评价。论形貌，世间多的是比它更显眼的花。比起牡丹芍药的富丽，桃李杏花的秾艳，它实在太安静清淡。但就是这清淡的模样，却反衬出它的清贵超拔。中国人爱它，称它为花中君子，孔子见它，停车观赏后便作了《猗兰操》，美人燕姞梦到它后，不久就生下了公子兰。它隔着距离又被赋予了神性，于是更加为人所敬重。人们爱兰花，爱得庄重，从不敢亵玩。于是它与周边环境之间就像总隔着些说不清的违和，似乎它并不属于这里，它总要回到高山深谷中去。

释名

蕳——《诗经》
兰——《诗疏》
木香——《本经》
香草——《纲目》
省头草——《纲目》
孩儿菊——《纲目》
千金草——《纲目》
燕尾香——《开宝》
都梁香——《荆州记》

我们在先秦的典籍中常常读到“兰”这种植物，不过，这里的“兰”并不是今日人们常说的“兰花”，而是兰草。在《楚辞》中，屈原写他修饰自己的形容，在“扈江离与辟芷”之外，还要“纫秋兰以为佩”。小时候读到时并不知道古时兰花兰草的区别，家中长辈也有养兰的，每逢开花，都是小小心心地侍弄着，碰都不让人碰，更不要说摘下来作为佩饰了，于是很羡慕古人。但继而也知道，古时并不是所有人都能佩兰的，所谓“德芬芳者佩兰”，只有品德高尚的人才能有这样的荣耀。自此知道，在古人的心目中，兰是芬芳高贵的植物。《诗经·郑风·溱洧》中有这样一幕画面：

溱与洧方涣涣兮，士与女方秉蕳兮。

当中的“蕳”即兰，是当时人们常常把玩的一种香草。这句诗展现出先秦时郑国的一种风俗：春风融融的三月上巳节，郑国的青年男女们游于溱水与洧水之上，人人手持一枝兰草，在它不断散发的香气中，一边招魂续魂以寄哀思，一边释放着祓除不祥的心愿。在这种旨在消灾驱邪的古老祭祀活动中，兰草一直都被作为重要的礼具。需要我们知道的是，先秦时的郑国故地并不产兰花，即使有，也不够这么多年轻人年年采摘，人手一枝，故而《诗经》等先秦典籍里所说的“兰”显然不是我们今天所说的兰花，而是指另一种芳香植物。这种植物也有“都梁香”之名，《荆州记》中记载：“都梁县有山，山上有水，清浅生兰草，因名都梁香。”这种草形如藿香，气味浓烈，又称“煎泽草”。明代李时珍在《本草纲目》中提到兰草时称：“古人兰蕙皆称香草，如零陵香草，都梁香草，后人省之，通呼为香草耳。”后来兰花渐渐风靡中国，世人于是只知兰花不知兰草，于是兰草之名渐渐被“千金草”“孩儿菊”等替代。

直到宋代，“兰”这个字才被真正用来代表兰花，北宋罗愿《尔雅翼》中详细叙述了宋代约定俗成的兰花叫法：

兰之叶如莎，首春则茁其芽，长五六寸。其杪作一花，花甚芬香，大抵生深林之中，微风过之，其香蔼然达于外，故曰芝兰。生于深林，不以无人而不芳，又曰：“株秽除兮兰芷睹”，以其生深林之下似慎独也，故称幽兰。江南兰只在春芳，荆楚及闽中者秋复再芳。兰与蕙甚相类，其一干一花而香有馀者，兰；一干五六花而香不足者，蕙。今人称兰为幽兰，蕙为蕙兰，蕙大抵似兰，花亦春开，兰先而蕙继之，皆柔荑，其端作花，兰一荑一花，蕙一荑五六花，香次于兰。①

如今人们常用“蕙质兰心”来形容女子心性纯洁，气质高雅，这个成语中包含了这一“兰”一“蕙”两种植物。“兰”在这里多是指今天的春兰，“蕙”则是蕙兰，两者属于同类不同种的兰花。“兰”之名虽不异于古，但所指已和前代截然不同，朱熹有一句诗，“今花得古名，旖旎香更好”，说的正是“兰”之称谓的古今变化。尽管已和兰草相别，但兰花同样也被视作山林中的来客。因生于山林之中，似君子慎独，于是便与梅、竹、菊一起，被视作君子的象征。而在古人看来，“竹有节而啬花，梅有花而啬叶，松有叶而啬香”，只有兰几者兼具并佳，是被成全后的完美。

兰幽香清远，馥郁袭衣，弥旬不歇。常开于春初，虽冰霜之后，高深自如，故江南以兰为香祖。又云兰无偶，称为第一香，紫梗青花为上，青梗青花次之，紫梗紫花又次之，馀不入品。②

香是兰的标志，但这香味却不浓烈，是徐徐的幽香，在冰雪消融的时候，于乍暖还寒间似有若无。这是春兰，兰花中最常见的品种，产于江南，以只在春天开花而得名，是中国人栽培最久，同时也是最受喜爱的兰花之一。与蕙兰多花并蒂不同，春兰形貌相对普通，多一茎一花，开花比蕙兰要早。明代王世懋《花疏》中提到，宜兴山中多见此花，杭州、南京也有，数量很多，尽管不是什么名贵品种，但也芳香可爱。因为花期不同，兰花中也有秋兰、四季兰等品，在不同季节盛开。

如春兰者，多“幽居在空谷”，只引人远求，而不受人管辖。而另一品名叫建兰的，则成为人们常种常观的品种。

---

①一说引自北宋 黄庭坚《幽芳亭》

②明 王象晋《群芳谱》

建兰，茎叶肥大，苍翠可爱，其叶独阔，今时多尚之。叶短而花露者尤佳，若非原盆，须用火烧，山上栽。根甚甜，招蚁，以水奁隔之。水须日换，恐起皮则蚁易渡，频分则根舒，花开不绝，此已试妙法也。浇洗须如法，又有按月培植之方，乃闽中士绅所传，宜照行之。①

建兰茎叶肥大，其叶独阔，苍翠可爱，花露于外，很有观赏性，但养起来很娇贵，畏寒怕风，怕虫，因为根甜，很容易招来蚯蚓蚂蚁，以至于养植者必须以水箱与土隔绝，水还需勤换，才不致引虫噬咬。王世懋在《花疏》中也留下了他养植兰花的经历，也是颇费周折。他在竹林之外建造了一个竹屋，在屋中铺上了两重草席隔绝湿气，然后再在里面贮养建兰。等到天晴且无风的时候，就打开房门晒太阳，这样养出来的几十盆建兰，全部盛放不绝。

兰花自古以清雅著称于世，于是在传统的审美中，兰花须色泽淡雅纯净方为珍品。但这样的舒适悦目，却令人想要看得更久些。我国最早的兰花专著——宋代赵时庚的《金漳兰谱》中记载了古代以白紫两色为主的兰花的品貌特质。

紫兰有：陈梦良 吴兰 潘花 赵师傅 金棱边

白兰有：济老 黄殿讲 李通判 叶大施 惠知客 马大同 郑少举 黄八兄 周染 观堂主 名弟 鱼魫兰

这些名字缺了些雅致，看起来像是一个个人名，应该是当时一些养植兰花的人的名字。但这些兰花却实在很美。比如陈梦良，就是紫色兰

①宋 范成大《范村梅谱》

花中的翘楚：

陈梦良，色紫，每干十二萼，花头极大，为紫花之冠。至若朝晖微照，晓露暗湿，则灼然腾秀，亭然露奇，敛肤傍干，团圆心向，婉媚娇绰，伫立凝思，如不胜情。花三片，尾如带，微青，叶三尺，颇觉弱，黯然而绿，背虽似剑脊，至尾棱则软薄。斜撇粒许带缁，最为难种，故人稀得其真者，种用黄净无泥瘦沙，忌肥，恐致腐烂。①

相传陈梦良花朵“大似鹰爪”，以至于弯枝低垂，形如美人敛眉垂首，风姿绰约。又如白兰济老，淡衣素裳，高洁出尘，为当时白兰之冠：

济老，色白，有十二萼，标致不凡，如淡妆西子，素裳缟衣，不染一尘。叶似施花，更高一二尺，得所养则歧而生，亦号一线红，白花之冠。宜沟中黑沙泥和粪种，爱肥，一任浇灌。②

十二萼相叠，碧叶白花，形貌清丽，仿佛有出尘的气质，代表了白兰给人的一贯印象。此外还有一些异品名兰，比如色碧枝繁、体肤松美的绿衣郎，如夕阳返照般妩媚的夕阳红，还有产自杭州一枝一花的杭兰、蓓蕾如珠花开成穗的珍珠兰、小似茉莉香闻十步的伊兰、悬根而生的风兰，等等，都被载入典籍，留名于世。

而这些留有盛名的兰花，养起来绝对不是轻松惬意的活计。《汗漫录》中说：“王摩诘贮兰用黄磁斗，养以绮石，累年弥盛。”精细如王维，贮养兰花，都需要这样谨慎小心，更何况其他人。明代高濂在《遵生八笺》

---

①宋 赵时庚《金漳兰谱》

②宋 姜夔《暗香》

中收集整理了古人的养兰妙诀，很复杂也很细致，一条条读过去，百年前的种花人对兰花的了解之深、情感之重，令人感慨。试录数条以示：

分种兰蕙，须至九月节气方可分栽，十月时候花已胎孕，不可分种。

春二三月无霜雪，安放花盆在露天，四面皆得绕水。

梅天忽逢大雨，须移花盆向背日处。

（浇花）用河水或池塘水或积留雨水最佳，其次用溪涧水，切不可用井水，大抵井水性阴，恐至冻损。

叶紫红恐因受霜打以致耳，急须移向南檐背霜雪处安顿，则仍复自青。

春不出，宜避春之风雪；夏不日，避炎日之销铄；秋不干，宜常浇也；冬不湿，宜藏之地中不当见水成冰。①

不知多少代养兰人的积累，才攒下这么些经验——分种时要选在花胎孕之前才易成活；要将兰花盆放在四面环水的露天里才不会招致虫蚁叮咬根系；大雨时要赶紧将花盆移到背阳的地方；给兰花浇水时最好选用河水、池塘水等，而不要选井水，以免性阴寒的井水冻损花根；若兰叶受霜打之后变了颜色，须急忙将它移至背霜雪处安顿……从分种到栽花，从安顿到浇灌，从施肥到驱虫，再到各种宜之忌之，说是在种兰花，倒更像在耐心抚育一个孩子。春夏秋冬，一时该有一时的禁忌，才能使兰花常茂不衰。而那些开在深山幽谷中的兰花是绝对得不到这样的待遇的，即便涧户寂无人，也依然开落得很好很自在。或许兰花原本就更适合作为空谷幽客存在，而人们既然非要留它在人间，就必须付出十分的小心来。

---

①明 高濂《遵生八笺》

艺文

沅有芷兮澧有兰，思公子兮未敢言。

——战国 屈原《九歌·湘夫人》

光风转蕙，泛崇兰些。

——战国 宋玉《招魂》

猗猗秋兰，植彼中阿。有馥其芳，有黄其葩。

——汉 张衡《怨篇》

虽处幽林与穷谷，不以无人而不芳。

——唐 杨炯《幽兰赋》

竹寺晴吟远，兰洲晚泊香。

——唐 郑谷《李夷遇侍御久滞水乡因抒寄怀》

生无桃李春风面，名在山林处士家。

——宋 杨万里《兰花》

其实世间草木，原本多是生在无人问津的山林之中的。但人们不愿让这样的美好就此湮没于寂地，于是当中的佼佼者便依次被人发现，引入人间。众芳从此与人比邻而居，由人培植养育，受人吟咏赞叹，沾染上属于人世的烟火气息。而兰却与众不同，不管它被怎样娇生惯养地囿于人们的庭院中，只要你一看到这来自远山幽谷中的佳客，周围所有的背景都会淡下去，你就这样被带回那一山之下、一水之畔、一石之边。空谷幽兰是深入人心的意象，不论在哪儿以什么形态出现，都仿佛与人世相隔很远。

兰是《楚辞》中最主要的香草形象，很早之前就受到人们关注。但《楚辞》中的“兰”大多数其实并不是我们今天所指的兰花，而是一种叫泽兰的香草。此草香气浓郁，花序硕大，开紫色、白色的花，古时多见于山地、草泽与水边。如果今天的人们不去细究植物间门纲目科严格的边界，单从审美自然的角度来看，当然也可以把这种芳草的花称作兰花。毕竟它在那么早的时候就已经被楚人写入诗歌中，在幽香中浸润了那么久的岁月。

扈江离与辟芷兮，纫秋兰以为佩。①
沅有芷兮澧有兰，思公子兮未敢言。②
被石兰兮带杜衡，折芳馨兮遗所思。③
故荼荠不同亩兮，兰茝幽而独芳。④

时隔千年，《楚辞》里的草木芬芳，依然在提醒着今天的人们，千年前，我们的祖先曾与草木有过那样亲近的关系，他们曾有过那样自然纯粹的生活。在没有多余物质致使眼花缭乱的时代，人们更多是按照最原始的本性存在着。遇见美丽的花草就止步驻足，被兰草的香气迷醉，就把它折下来，或是佩戴在身上，或是送给心上人来表达情意。这些举动如同古老质朴的仪式，涤荡下冗余的伪饰，还原出真实的渴望，给人带来幸福。久而久之，人们开始情不自禁地在它们身上寄寓感情。

东汉蔡邕《琴操》中就有关于昔日先贤孔子作《猗兰操》的记载。其事发生在孔子历聘诸侯未果、从卫国返回鲁国的路上。孔子一行经过一道山谷，偶然见到谷中一株茂盛的幽兰。孔子端详它良久，叹了口气说：

①战国 屈原《离骚》
②战国 屈原《九歌·湘夫人》
③战国 屈原《九歌·山鬼》
④战国 屈原《九章·悲回风》

“夫兰当为王者香，今乃独茂，与众草为伍，譬犹贤者不逢时，与鄙夫为伦也。”他是在说，兰本应是香草中的王者，而今日却几乎沦落淹没于众草之中，就像是贤明之人生不逢时，只能与凡夫俗子为伍。然后，孔子停车唱起琴歌：

习习谷风，以阴以雨。之子于归，远送于野。
何彼苍天，不得其所。逍遥九州，无所定处。
世人暗蔽，不知贤者。年纪逝迈，一身将老。

歌中说的是这株路遇的兰草，也说的是孔子自己，他是在托词于兰，自伤身世。而他之所以能在兰身上如此寄托，是人们认为以兰的清傲高洁，应该、也值得广为人所知。孔子这段“兰为王者香”的逸事在后世流传很广，也由此出现了不少诗文。比如李白有首咏兰的《古风》，明显就是受到了《猗兰操》其事的影响。

孤兰生幽园，众草共芜没。
虽照阳春晖，复悲高秋月。
飞霜早淅沥，绿艳恐休歇。
若无清风吹，香气为谁发。①

同是生在幽僻之地的孤兰，同样几乎被众草掩没，但此处的幽兰有了一重新的悲悯——阳春德泽，悲秋月高；有了一重新的忧惧——飞霜淅沥，绿艳恐消；还有一层新的脆弱——若无清风，香气不发。

还有中唐韩愈，曾仿孔子之歌再作琴曲歌辞《猗兰操》，以为唱和，当中有这样的段落：

①唐 李白《古风》

兰之猗猗，扬扬其香。不采而佩，于兰何伤。
今天之旋，其曷为然。我行四方，以日以年。①

这也是一篇抒写胸中块垒的诗作。兰花茂盛，香气远溢，本是引人注目的。但即便不采来佩戴，对兰花来说又有什么伤害呢？说得在理，可是，兰花可以不在意，人却不能不在意，今日的一切变化，又是怎样造成的呢？诗人常年游历四方，经历漫长岁月后，发出这样的感叹。的确，无论人世如何臧否，对于空谷中兰花的意义，恐怕还不如阳光、清风和雨露来得多。

兰为天下所重，吟咏者层出。初唐四杰之一的杨炯曾作《幽兰赋》，赞美兰之为物，因为是赋作，所以极尽铺排，行文流丽，语言也很漂亮。“惟幽兰之芳草，禀天地之纯精，抱青茎之奇色，挺龙虎之嘉名。不起林而独秀，必固本而丛生。”一开篇就极尽夸赞之能事，写造化的钟情，赋予兰的种种美质。继而古往今来有远有近地延展开来，“至若桃花水上，佩兰若而续魂；竹箭山阴，坐兰亭而开宴”，“江南则兰泽为洲，东海则兰陵为县”，这些或古早或悠远的神思间，始终存在的幽香消弭了时空中的距离感。“隰有兰兮，兰有枝，赠远别兮，交新知。气如兰兮，长不改，心若兰兮，终不移。”本是清丽的风景，连动悱恻的离别，象征高贵的气质，代表坚定的心意，是以君子爱兰千载，并为之作幽兰之歌：

幽兰生矣，于彼朝阳。
含雨露之津润，吸日月之休光。
美人愁思兮，采芙蓉于南浦；
公子忘忧兮，树萱草于北堂。
虽处幽林与穷谷，不以无人而不芳。

虽处幽林与穷谷，不以无人而不芳，千载以来人们之所以爱重兰花，这大约是最重要的理由。世间不知有多少美，都是为了做给人看而存在的。这是埋在人性深处避不掉的，却与幽兰的品质背道而驰。兰是“最君子”的花木，风雨霜雪改变不了它的性情。

北宋黄庭坚有《书幽芳亭》，其中以“兰之香盖一国”，而称其为“国香”。尤其清风过处，香气蔼然，“在室满室，在堂满堂”，只以时而发，而不因有无人关注或环境的好坏而改变，是真正的“遁世无闷，不见是而无闷”。或许正是因为身为草木，才成全了兰这样的心性。对于在复杂世事中挣扎的人来说，做到这样却是太难了。

但它却依然能代表人们的心志，没有哪一种花能比它更能代表出世超逸之心。初唐陈子昂的《感遇》组诗中，专门有一首写到《楚辞》中出现最多的两种植物——香兰与杜若，用以自喻，抒发怀抱：

兰若生春夏，芊蔚何青青！幽独空林色，朱蕤冒紫茎。
迟迟白日晚，袅袅秋风生。岁华尽摇落，芳意竟何成？①

生于春夏时节的兰花与杜若，枝叶茂盛，一片碧绿，看起来永远极富生机。但这种热烈反而是淡泊的，它们身处无人的空山中，幽独自守，兀自释放着朱红明紫的艳丽。这竟像是在人间看透了世情后的淡然，终于明白一生中最重要的只是做回自己，就像这一场深林中的孤芳自赏，有没有人来问寻并不值得在意。毕竟时光流逝得这样快，上一刻还在春夏，转瞬间便又“袅袅秋风生”了，花的生命又一次走到尽头，看花人的青春韶华也已逝去。岁华尽摇落，到了这个时候回看，那些已经实现或者没有实现的理想，又都是些什么呢？

李径桃蹊次第开，秾香百和袭人来。

①唐 陈子昂《感遇》其二

春风欲擅秋风巧，催出幽兰继落梅。

珍重幽兰开一枝，清香耿耿听犹疑。
定应欲较香高下，故取群芳竞发时。①

这是宋朝苏辙的诗作《幽兰花》两首，笔触灵动，摹写暮春时节，幽兰花开。诗里写的是春兰，开在桃飘李飞的时节。要说起来，如果没有倾城的姿色，开在这个时节其实是不占便宜的。但造物自能搭配出新巧，偏要在这百种浓香散满天地的时刻，催开幽兰。在人们眼中，幽兰生性恬淡，但开在此时也是不吃亏的，它自有"国香"，所以，即便不能艳压群芳，也丝毫不必怯场。宋代杨万里也曾替兰花代言过这种骄傲：

雪径偷开浅碧花，冰根乱吐小红芽。
生无桃李春风面，名在山林处士家。
政坐国香到朝市，不容霜节老云霞。
江蓠圃蕙非吾耦，付与骚人定等差。②

这首诗写法曲折，一时正面直述，一时侧面旁敲，共同赞美兰花的形姿与品质。雪径偷开浅碧花，萧条之景里悄生的半点生机，使得诗中的兰花比别处更有隐逸气质。既是隐逸之花，自然也就不必一副春风桃李的容颜，但与山林处士的气质却是相宜的。山家篱落，疏疏间的几丛浅碧，风雅便尽在其中了。

而即便是山林处士，也不过是近水楼台，幽谷深涧才是兰花天然的居所，也应是兰花最自在的地方。但是人以己度兰，总忍不住替它惋惜：

---

①宋 苏辙《幽兰花》
②宋 杨万里《兰花》

光风浮碧涧，兰杜日猗猗。
竟岁无人采，含薰只自知。①

碧涧深深，光风浮动，涧中始终与世隔绝。兰花就在这样的寂静中一直安守着。一年一度的变换，一枯一荣的轮回，自己的芳香与美好只有自己知道。世上不知有多少这样盛产兰花的山涧，有被发现后记载在古籍中的，还有更多籍籍无名。而正是因为有无限的未知之境、未探之地，才叫人们无论何时，总不会失去悠远的希望。

但山中毕竟不可久留，无论是王孙还是百姓，大多数稍稍享上两天宁静，就不得不回去。于是，代表着山中幽静的兰花，便不免被当作念想带回人世。

深林不语抱幽贞，赖有微风递远馨。
开处何妨依藓砌，折来未肯恋金瓶。
孤高可挹供诗卷，素淡堪移入卧屏。
莫笑门无佳子弟，数枝濯濯映阶庭。②

开在深林中的幽兰，就这样被带回了人间。在人们看来，尽管挪了地方，但兰花的品行并没有改变。在山中它不在乎开在何处，在人世也不留恋金樽玉瓶。偏是这样孤高自许的模样反倒叫人不能狎玩，值得将它作为房中清供，或是伴随诗书平添风雅，或是移入卧屏凝神静气。可见，即便是花草，若想得到人们的敬重，也是需要姿态的。

在这里还想多提一个女子的兰花诗。此女名叫景翩翩，明代建昌名

①宋 朱熹《兰涧》
②宋 刘克庄《兰》

妓，本籍福建。她的身世令人唏嘘，她原本是一个书香家庭中的独生女，不仅生得貌美，自幼还受良好的教育，擅长吟咏赋诗，当时有“一字惊鸿”的美誉。这样的女子，原本很容易得到一个完美的归宿，谁料命运无常，她的双亲突然相继去世，以至她孤苦无依，不幸沦落青楼。但即便落入此种境地，她也始终努力洁身自好，只交往文人学士。可惜命运并未停止对她的捉弄，后来她被骗陷入一段痛苦的婚姻中，最终落得一个自缢身亡的结局。

印象里，这是个兰花一样的美人，其人其名其事，都带有几分兰花之气。她生前应该很喜欢兰花，存世的几十首诗文中，就有好几首写兰花的。比如广为人所称赞的《紫兰》诗：

碧玉参差簇紫英，当年剩有国香名。
风前漫结幽人佩，澧浦春深寄未成。①

兰叶葳蕤，碧绿参差，捧着紫色的兰花，显得更加清丽。本不需幽幽兰香的提醒，人们也不会忘记它“国香”的盛名。随意摘下几朵结成佩饰，想寄给心中挂念的人，但最终却成为没能送出的心意。此诗情致悠远，文辞清新，让人忍不住叹息，可惜了这么有才华的女子。但只能强作安慰，在家道中落之前，她毕竟还拥有过无忧无虑的美好岁月，拥有过庭前赏兰的闲适心情。

幽兰美质，于是有时也会被作为礼品，在主客间表达心意。宋代朱熹就曾收到过别人送的兰花，他很喜欢，还作有两首答谢诗：

其一

幽独尘事屏，畹晚秋兰滋。芬馨不自媚，掩抑空相思。

①明 景翩翩《紫兰》

晤对日方永，披丛露未晞。脩然发孤咏，九畹陈悲诗。

其二

淹留阅岁序，契阔心怀忧。独卧寄僧闾，一室空山秋。
徘徊起顾望，俯仰谁为俦。伊人远赠问，孤根亦绸缪。
芳馨不我遗，三载娱清幽。愧无琼琚报，厚意竟莫酬。
瞻彼南陔诗，使我心悠悠。①

很明显，这株兰花给朱熹带来了难得的宁静，使他得以在尘事的纷杂间稍事休息。在诗中可以读得出来，在这样的时刻里，他其实并不开心。而眼前的兰花，只是为他提供了一个少有的、可以怀忧抒闷的契机。他这才能够独卧书斋，望着这一株带着空山秋意的兰花出神。或许这也是生活的真相之一，时不淹留，岁序交替，在一次次的徘徊中渐行渐远，哪一日蓦然回首，却突然发现，人生竟已积攒下这么多悲凉的往事！从某种角度来说，这或许是人生的真相。但好在世间还有如遗馨赠兰这般的深情厚谊，也正因为如此，在生活的缝隙中，人们才能得到短暂的慰藉。

①宋 朱熹 《谢人送兰》二首

纪事

孔子曰：与善人处，如入芝兰之室，久而不闻其香，则与之俱化。

——《孔子家语》

王摩诘贮兰蕙用黄瓷斗，养以绮石，累年弥盛。

——《汉漫录》

唐保大二年，国主幸饮香亭，赏新兰，诏苑令取沪溪美土为馨烈侯，拥培之具。

——《清异录》

霍定与友生游曲江，以千金募人窃贵侯亭榭中兰花，插帽兼自持往罗绮从中卖之，士女争买，抛掷金钱。

——《曲江春宴录》

张敏叔以十二花为十二客，兰为幽客。

——《三馀赘笔》

空谷幽兰，这名字听起来极美，是有些飘渺、又很有些距离感的那种美。后来有人拿它来形容幽居在空谷的绝代佳人，也很合适，原本就不止牡丹堪称国色的，兰花气泽若入了气韵，同样能倾国倾城。而自兰花为天下所重后，渐渐就不能像以往般自在地隐匿于深山之中了，人们会开始留意它的踪迹。

（商州）物产兰草，明末士君子入山得之，有白紫二种，幽姿秀媚，芳香异常。

（仙居县）物产兰，有春夏秋冬四种，一名九头兰，暮春盛开，诸山中多出之。

（西安县）物产兰，正月山兰雪中开，春夏之交有九节兰，皆自山中采取。

（漳平县）物产兰，有家兰、有山兰，家兰一种名玉干者为佳，山兰有青兰、紫兰、铁兰，种类不一。

（松溪县）物产兰，白茎者为玉魫，青茎者为青妆，紫茎者为铁瓣。

四方都有兰的踪迹，但又因地域不同而各有差异。同是春兰，仙居县有春夏交接时盛开的九头兰，西安县有冬春过渡时山雪中绽放的山兰，还有青兰、紫兰、铁兰、玉魫、青妆、铁瓣等，不一而足。即便它们多盛于深山幽谷之中，也能令爱兰之人在四季之中看个尽兴。

兰是天下名花，历代关于兰的传说很多，为之附会者亦多。《琅嬛记》中就有一个关于兰花的故事。相传神山之上曾有朱洞琼泉，姑射神女曾命莲花童子将之进献给九天先生。这道泉水出于檀芽峰内，那是英妃抚琴唱“怨兰花”之曲的地方。“怨兰花”曲有辞传世：

人间一别，下视微茫。
兰花发色，在彼间房。
自离妾手，惧其弗芳。
兰乎兰乎，展不可忘。

古曲悠远，很有些苍茫的味道。眼前的兰花被这样的遥远与苍茫送回到很远之外与很久以前，于是后世有人称赞它，说它“隐于谷里，显于澧浔，贵比于白玉，重匹于黄金，既入燕姬之梦，还鸣宋玉之琴”。种种附会与传言，都是在提醒着喜欢它的人们，原来我们和兰花，已经有了这么多共同的经历。

《左传》中也有一个著名的关于兰的故事——燕姞梦兰。《左传·宣公三年》中记载，郑文公有个名叫燕姞的侍妾，她曾梦到一位天庭来的仙使送兰花给她，并对她说："我叫伯儵，是你的祖先，我送兰花给你，是要你将它视作你的儿子。因为兰花有国香，只要佩戴它，别人就会像爱兰一样爱你。"不久后郑文公召见了燕姞并临幸了她，然后燕姞怀孕生下了一个男孩，她想起自己曾经做过的那个梦，便请文公给儿子取名为"兰"，文公答应了。后来，公子兰成为郑国的下一任国君郑穆公。"燕姞梦兰"也随着这件奇事一并流传下来，成为用以象征女子怀孕得子的成语。

"生世本幽谷，岂愿为世娱？无心托阶庭，当门任君锄。"兰以其清幽恬淡，自古而今，都被视作君子的象征。于是，即便兰本无心，它有时也会被用来映衬高品嘉行。《晋书·文苑传》中记载有一个名叫罗含的官员：

罗含，字君章，桂阳耒阳人也。……致仕还家，阶庭忽兰菊丛生，以为德行之感焉。

这个叫罗含的官员致仕还家，此时家中的阶庭之上突然生出许多兰菊，这或许是巧合，或许是出于有心人的营造，但不管怎样，都是挺好的兆头。于是人们便附会说这兰菊忽而丛生的异状，是源于主人美好的德行。由此，兰花便作为人们的贤朋佳友，成为品行的象征。北宋元祐年间，滁州一位叫罗畸的刺史曾在官舍前种植了数十本兰花，还为这些兰花作记道：

予之于兰，犹贤朋友，朝袭其馨，暮撷其英，携书就观，引酒对酌。

罗刺史自称是兰花的贤朋良友，花开的时候，他必常常在花前徘徊，时而对着兰花读书，时而盘桌对酒，与兰花对酌。朝袭其馨，暮撷其英，或许他是想在这样朝朝暮暮的馨香与恬淡里，时时提醒自己要做个君子。

兰花形貌清淡，却在百花之中占得极为重要的一席，它是千百年间最为国人敬重的花。但兰花与世人之间，一直有着不远不近的距离。你说不易见到，它今日早已名满天下，仿佛处处都是；你说容易见到，可即便它近在眼前，也依然不好亲近。或许它终究更适合做深山幽谷中的佳客，从不需要人声的喧嚷，只安然享用最自然的阳光和雨露，任由幽香散漫山林。这样的遗世独立，也确实没有哪种花比它更适合君子之名。

牡丹篇

国色天香

一提到牡丹，很容易就会联想到盛唐。那是一个强盛富丽的时代，有着无与伦比的雄浑之美与波澜壮阔的非凡气象，在人们关于这个时代的旖旎想象中，连美人都是要丰腴雍容的，何况名花。所以，除了牡丹，似乎也没有哪一种花堪与这个王朝相得益彰。人们称牡丹为花中之王，将它捧至独步天下的地位。沉香亭畔，名花妃子相对成欢；洛阳城中，牡丹花会沸沸扬扬。后来，牡丹花甚至成为能够标志中国的图腾之一。人们加诸牡丹之上的这诸般煊赫，几乎要埋没了它还没被世人瞩目的过去——它也曾假于他花名下，在山野间寂寂无闻。

释名

牡丹——《本经》
花王——《本经》
鼠姑——《本经》
鹿韭——《本经》
百两金——《唐本草》
白——《广雅》
木芍药——《纲目》

当人的意志渗入自然的意志中，百花乃至世间万物才有了名字；当人们与它们发生故事，它们就有了历史。牡丹不算中国名花中历史悠久的品种，它在很长的时间里无人问津，因与芍药相似而宿干似木，便被草草地冠了个“木芍药”的名字，到了隋唐之后，方扬名于天下。宋代欧阳修在《牡丹记》中记载道：“（牡丹）自唐则天已后，始盛于洛阳。其先不过丹、延已西及褒斜道中，与荆棘并多。土人以为薪耳。”说起来有点讽刺，在得到盛名之前，一代名花也不过是与荆棘杂草们混在一起，自生自灭。

因为长久以来不受人重视，因此在得名“牡丹”之前，它也有如“鹿韭”“鼠姑”“百两金”之类这样平实的名字。因直到秦汉都无详考，如今我们也无法探究这些名字的由来，况且这些名字的确也比不上“牡丹”的雍容气度。直到南北朝时，谢灵运留下一句“永嘉水际竹间多牡丹”的话，连同北齐画家杨子齐的牡丹图，后人才得知“牡丹”之称自那时起便已有渊源，只是未成气候罢了。但已经有人知道这种花，隋朝时，隋炀帝辟地二百里为西苑，同时诏令天下，要求各地进献花卉，当时易州便进献有牡丹二十株，当中还包含有“飞来红”“一拂黄”等佳品。不过，真正成全了牡丹大名的时代还是唐朝，自此之后，牡丹为花中之冠的地位便稳定了下来：

> 唐开元中，天下太平，牡丹始盛于长安。逮宋，惟洛阳之花为天下冠。①

牡丹盛于开元时的长安，彼盛世王朝天下大治的巍巍气度，正与这富艳堂皇的花卉相得益彰。还有皇宫中那个仪态万方的女人，名花倾国，二者共同成为那个盛世的象征。在武则天时期，洛阳牡丹也开始慢慢兴盛起来，到了宋朝，洛阳牡丹因品种之丰美与形貌之奇异，成为天下之冠，并在后世一直被认为是当之无愧的天下第一。宋代欧阳修有《洛阳牡丹记》，记录有洛阳牡丹的品种、渊源及当时洛阳的观花之俗，是中国古代第一部牡丹专著。当中记录了牡丹的产地，中部有丹州、延州，东边的青州与南边的越州都有品种可见。能说得上名字的比如丹州花、延州红与青州红等，都是当地最好的品种，可这些花到了洛阳，充其量就是洛阳众多牡丹中的一品，并且完全不能与洛阳牡丹一争高下。

洛阳自古便有“善地”之称，此处除了牡丹之外，也有桃李、莲花及芍药等，这些花也并不比别处的差，但洛人视之却不以为然，只称其

---

①明 王象晋《群芳谱》

为某种果子的花，或是某某花，而对于牡丹，则避开其名直呼为“花”，意为“天下真花独牡丹”，不用呼其名，便能为人所知，可见洛人对牡丹的爱重。“唯有牡丹真国色，花开时节动京城”，这句诗所描写的情景是真实的，一个“唯有”，一个“真”，花开时节洛阳城的倾城而动，便已然能自文中想见了。

牡丹之名，或以氏，或以州，或以地，或以色，或旌其所异者而志之。姚黄、左花、魏花，以姓著；青州、丹州、延州红，以州著；细叶、粗叶、寿安、潜溪绯，以地著；一擫红、鹤翎红、珠砂红、玉板白、多叶紫、甘草黄，以色著；献来红、添色红、九蕊真珠、鹿胎花、倒晕檀心、莲花萼、一百五、叶底紫，皆志其异者。①

牡丹花品繁多，并且还有新品种不断出现，“往往变出呈新枝，洛人惊夸立名字”，形容的就是当时令人目不暇接的热闹场面。人们为之命名的方式便也多样，或用姓氏，或用州县，或用地区，或用颜色，或显示其作为标志的某种特色。这些我们从具体的品种名称上便可明显看出，比如大名鼎鼎的姚黄、魏紫等，是以姓氏来命名；丹州红、延州红等，是以出产州来命名；寿安、潜溪绯等，是以出产地来命名；珠砂红、玉板白、甘草黄，是以颜色之别来命名的；还有如鹿胎花、莲花萼等，则是以一目了然的特点来命名的。这样多的品种已经够令人眼花缭乱了，但后来仍持续有新品出现。

姚黄与魏紫是牡丹中的极品，至今仍常被作为牡丹的代称。姚黄是千叶黄花，出自民间姚氏之家，这种花在宋朝时才出现。其实姚家所在的白司马坡，本属河阳地区而非洛阳地区，但此花却在洛阳流传。而且

---

①宋 欧阳修《洛阳牡丹记》

姚黄极为珍贵，一年间也不过数朵罢了。魏紫是千叶肉红花，出自宰相魏仁溥家。有传言说，起初是樵夫在山中发现此花后卖给魏家的。魏家得势时家中池馆甚大，魏紫初面世时，有想看一眼的，都要交上十数钱给魏家，才能乘船前往观花之所，魏家因此得以日进万钱。后来魏家败落，池苑转为僧寺，这种牡丹便流入民间。魏紫花叶繁密，时人曾细数花瓣，相传一朵甚至多达七百叶，其繁密之貌可想而知。

其（魏紫）开最晚，在众花凋零之后，芍药未开之前，其色甚美。而高洁之性、敷荣之时，特异于众花，故洛人贵之，号为花王。城中每岁不过开三数朵。①

就像是知道自己在世人眼中的地位一般，魏紫姗姗迟开，在春芳尽凋之后，芍药未开之前，奉以天地间最美的容色，难怪人们视之不同。宋代钱惟演曾言："人谓牡丹花王，今姚黄真可为王，而魏花乃后也。"两花开时，洛阳城倾城而动，人们扶老携幼、不辞辛苦前往观花，时人爱花之心若此，以姚黄魏紫为代表的牡丹花之贵重若此。

洛阳牡丹名扬今古，但天下之大，名花佳品也非一地可以尽括。牡丹在中州自然是以洛阳为第一，但在蜀地，则要属天彭为首。相传天彭有座名叫永宁院的禅寺，寺中有僧侣擅长养花，以至此地花木繁盛，人称牡丹院。牡丹开时，赏花人多集于此。后来，或许是善养花草的僧人去世或离开，花木渐衰，游人亦不复至。可见好热闹者的无情，古往今来，都是一样的。但彭州的牡丹花也并未就此沉寂下去，后来有中州人携牡丹而来，从此，洛阳牡丹散布于天下。而牡丹要延续优质的品种，须嫁接才好，否则品种便会退化。中州牡丹进入蜀地后，专以接花为业的花户开始涌现，不少大户人家也开始竭力养花，于是天彭牡丹便由此冠绝

①宋 周师厚《洛阳牡丹记》

川蜀。南宋陆游有《天彭牡丹谱》，记录了当时当地牡丹的盛况。古人赏花很讲究，不光要花好，背景也要合称，当时天彭有三井李氏、城中苏氏等，都以花盛之外，亭台楼阁亦佳而最为知名。经众人推崇、全民精养，经年之后，天彭牡丹花品便有百种之多。《天彭牡丹谱》中收其品名：

二十一品红花：
状元红 祥云 绍兴春 胭脂楼 玉腰楼 金腰楼
富贵红 一尺红 双头红 鹿胎红 文公红 政和春
醉西施 迎日红 彩霞 叠罗 胜叠罗 瑞露蝉
乾花 大千叶 小千叶
五品紫花：
紫绣球 乾道紫 泼墨紫 葛巾紫 福严紫
四品黄花：
禁苑黄 庆云黄 青心黄 黄气球
三品白花：
玉楼子 刘师哥 玉覆盆
一品碧花：
欧碧
三十一品未详：
转枝红 朝霞红 洒金红 瑞云红 寿阳红 探春球
冰囊红 福胜红 油红 青丝红 红鹅毛 粉鹅毛
檿金球 间绿楼 银丝楼 六封蝉 洛阳春 海芙蓉
腻玉红 内人娇 朝天紫 陈州紫 袁家紫 御衣紫
靳黄 玉袍肚 胜琼 白玉盘 碧玉盘 界金楼 楼子红

数十个名字，热热闹闹地排在一起，后人几可借此想见牡丹花会时的盛况。牡丹送给世间的璀璨，远不止姚黄魏紫。就说谱中唯一的那品碧花，如果放到如今，或许比黄紫二色更令人惊艳。欧碧花开浅碧，开得最晚，因独出欧氏而得名。历史上从来不缺少费心想要青史留名的人，但也未必能够如愿。而像姚家、魏家还有欧家这种，即便没有什么别的大作为，也因精心养出了这种花而留名后世，的确是有趣的机缘。

牡丹在后世继续繁荣，经过明清时期及至如今，新品种持续出现，代代更迭。在一代代人不同的生活选择中，专业的爱花人、养花人也开始出现。明朝时亳州有个名叫薛凤翔的文人，曾官至鸿胪寺少卿，解职后回归故里。他喜爱牡丹，曾广泛搜集当世名品，精心培育，并立时数年写出《牡丹史》四卷。当中记载有不少奇特的牡丹品种。比如“娇容三变”，其他牡丹花色会随时间渐渐消退，但这品却不同，初开时紫色，继而变成桃红，盛时变成梅红，将落时变为深红。更为奇异的是，此花于阴处、阳处开时各有不同，变幻的颜色远不止三种。“绿珠坠玉楼”，引的是西晋坠楼人的典故，此花花色皑然如玉，花叶上有绿点如珠，这名字取名新巧。“界破玉”，这应该是取自唐代徐凝的《庐山瀑布》诗，“今古长如白练飞，一条界破青山色”，此花状如白练，花瓣中有一条桃红丝线，将白瓣一分为二。还有“太真晚妆”，花叶密实紧簇，微红色的千叶花，色如贵妃泪结红冰，因其晚开而得名。

牡丹被称作花中之王，历来受到的关注是他花不能相比的。或许人们觉得，只有这么多变化多端的讲究，才配得上牡丹国色天香的盛名。

艺文

云想衣裳花想容，春风拂槛露华浓。

——唐 李白《清平调》

唯有牡丹真国色，花开时节动京城。

——唐 刘禹锡《赏牡丹》

绝代只西子，众芳惟牡丹。

——唐 白居易《牡丹》

夜合带烟笼晓日，牡丹经雨泣残阳。

——唐 元稹《赠吴丹》

若教解语应倾国，任是无情亦动人。

——唐 罗隐《牡丹》

“云想衣裳花想容”，人们常以花来喻美人。自古而今，很少有女人不爱花的。在古时候，大多数朝代的女子生活空间都很有限，即便是贵族妇女也不例外。在那些被封锁于深庭内苑的青春岁月里，女人们能够用以施展生命的空间太有限了，能够着眼的事物也太少了。好在还有花，花不是三从四德，不是女红刺绣，不是夫子翁姑，它是自然慷慨赠予却毫无要求的美，无形中映照出女性的生命。

牡丹绝美。“绝代只西子，众芳惟牡丹”，白居易的这句诗口吻很霸道，将西施共牡丹一起捧到独一无二的地位，言明了在诗人眼中，除了这品绝代的花和那个绝代的女子，世间万物如尘。这或许是不公平的，众芳璀璨，异品迭出，牡丹未必就一定算得最美，但约定俗成的力量从来不易被撼动，世人这样坚定不移的偏爱，众芳若有知，早就应该习惯了。尽管其他花也并不是没有知心的赏花人，但却再没有哪一品花有牡丹这样的阵势，当逢花时，倾城热烈，赏花规模惊人。世人因这样的阵势而更加爱它，以至于后来竟区分不出有多少是出于真的喜爱，有多少是出于世俗的惯性。但不管怎么说，既“有此倾城好颜色”，并“偶然相逢人世间”，终归是值得的。

庭前芍药妖无格，池上芙蕖净少情。
唯有牡丹真国色，花开时节动京城。①

同样被收于本书所列的十品名花之中，芍药和荷花也是备受人们喜爱的花，在刘禹锡的这首诗中却被作为牡丹花的陪衬。但诗人并没有忘记这两种花的好处，芍药妖娆艳丽，荷花清净高洁，而牡丹不仅兼具二者，还比芍药更有格调，比芙蓉显得多情近人，故而当之无愧为百花之王、一国绝色。于是，一年一度的因名花而起的风尚大会便由此展开了，花开时节动京城，一个“动”字，用得极精妙，牡丹花时万人空巷、争赏名花的热闹一下子拥簇到眼前。所以国花牡丹的印象总是热闹的，如果像梅花、荷花那样清冷高洁，就不再是牡丹了。千年以降，牡丹花花期不变，开落依然，只是世态缭乱，今人已不像古人那般容易被“惊动”了。但洛阳城中的牡丹依旧开得极好，这座城与牡丹花乃至满城春色的一期一会，却仍是别处没有的庄重。

但从没有改变的是，牡丹在人们的心目当中，从来都是得天独厚的，以此轻轻松松地艳冠群芳。《红楼梦》中群芳夜聚怡红院抽花签为戏，

①唐 刘禹锡《赏牡丹二首》其一

薛宝钗抽到一枝代表着牡丹的签，签上写着“任是无情也动人”，隐赞其为大观园群芳之冠。这句诗取自晚唐罗隐的《牡丹花》：

似共东风别有因，绛罗高卷不胜春。
若教解语应倾国，任是无情亦动人。
芍药与君为近侍，芙蓉何处避芳尘。
可怜韩令功成后，辜负秾华过此身。①

诗人一上来就提到牡丹花与东风（春风）的渊源，其实牡丹开在群芳之后，东风将去之前，已不能称为与东风共开谢了。但它实在太好看，花盛之时，微卷的花瓣精致美丽有如绛色丝绸，比起其他花木更能代表淋漓的春意。它若能如人言语，定然是风姿倾国的女子，纵使孤高自矜，其绝美之貌亦能令人目眩神迷。芍药牡丹的例子刘禹锡已举过，这里比拟得更生动些，芍药为近侍，芙蓉避芳尘，还有谁能与牡丹争锋呢？只可惜纵然这样的美，也依然有人忍心辜负，然后在经历过后，成为终生的遗憾。

但牡丹的美，大多数人还是不肯辜负的。它繁复秾丽的形态，花开富贵的意头，始终迎合着大多数人对热闹人生的渴望。人对草木乃至世间万物的情感之中，隐含的还是内心最真实的欲念。牡丹从不是点缀贫窗的花木，它多是侯门贵户的宠儿。“牡丹芳，牡丹芳，黄金蕊绽红玉房”，白居易在长诗《牡丹芳》中，一上来就用黄金红玉衬出牡丹花富丽的形象。

牡丹芳，牡丹芳，黄金蕊绽红玉房。
千片赤英霞烂烂，百枝绛点灯煌煌。
照地初开锦绣段，当风不结兰麝囊。

---

①唐 罗隐《牡丹花》

仙人琪树白无色，王母蟠桃小不香。
宿露轻盈泛紫艳，朝阳照耀生红光。
红紫二色间深浅，向背万态随低昂。①

成千花瓣云霞般灿烂，上百花枝红烛般耀眼，明明只是花，人们却能从中看出歌舞升平的气象。它看起来耀眼，闻香也令人渴望，什么仙人琪树、王母蟠桃，都被它比下去， 红紫二色，也是牡丹花最深入人心的颜色，很浓艳，看得多了有些审美疲劳，但在白居易所在的唐朝，人们显然还未将这艳色看淡，这样的明艳加上朝阳宿露的给养，再加上碧叶的掩映和醉卧的姿态，更加显得仪态万方。于是人们爱它，即便是看惯了华庭艳色的王公贵族，也抵挡不住它的诱惑，“遂使王公与卿士，游花冠盖日相望”，赏牡丹花，成为当时贵族的一种仪式。爱美之心人皆有之，惜春又是永恒的感情，盛放的牡丹花，像是替人留住了易逝的春日，所以没有人不爱它。

花开花落二十日，一城之人为之狂。

前面就说过，这样倾城痴狂的盛景在今天是看不到了，今人可以入眼之事太多太繁了，哪里管得着花木在远处近前自生自灭。交迭的时代为人们带来了越来越丰盈的物质，同时也为人们造就了越来越平淡的心情，人们的所见所闻一代比一代更丰富，自然就一代比一代更不容易大惊小怪。只是这样的见识带给人们的，是更有趣一些，还是更无趣一些，恐怕一时半会儿说不明白。

若是唐朝牡丹还只是纷纷扬扬的热闹，那么到了宋朝，便变成了倾

①唐白居易《牡丹芳》

城出动的盛会。如之前几部《牡丹记》《牡丹谱》所载。宋代范成大有一组牡丹诗，取名《园丁折花七品各赋一绝》，分别描画了七品牡丹名花的形貌，都是出众的名花。

单叶御衣黄

舟前鹅羽映酒，塞上驼酥截肪。
春工若与多叶，应入姚家雁行。

单叶御衣黄的花色很和谐，片片鹅黄薄瓣落入浓碧叶海间，就像豆蔻少女婷婷立在繁盛的春色中，很出挑，很清新，也很悦目。尤其那花瓣的黄色极其鲜明浓郁，诗里把它比作塞上驼酥，也就是用骆驼乳酿成的酒。和多叶牡丹相比，单叶牡丹显得要单薄一些，像一个清瘦的美人，不似他花丰腴富丽。

叠罗红

襞积剪裁千叠，深藏爱惜孤芳。
若要韶华展尽，东风细细商量。

叠罗红就衬起了牡丹国色天香的名号，此品又称胜云红，属于千叶花的品种，层层叠叠，浓郁富艳，素来有艳冠群芳的美誉。这种花最有那种鲜花着锦、烈火烹油的气质，代表着长盛富贵的好意头，一直盛开在人们的墙画上、屏风上。没有人不希望它长盛不衰，所以它的凋谢便总比其它花更加触目惊心。

紫中贵

沉沉色与露滴，泥泥香随日烘。
满眼艳妆红袖，紫绡终是仙风。

紫中贵，当指的是牡丹王后魏紫，紫色素来给人以高贵的印象，有柔婉的红，又不乏冷静的蓝，两个原色加在一起，便有了特别的紫色牡丹。这组诗中还有其他四品，皆各具特色。要写出这种种不同，是需要费些心思的，这后头起码有诗人许久的凝视与耐心的雕琢。

有花这样的事物存在，时间平淡的流逝中就时常会出现出其不意的惊喜。你无法预想它的存在，但一旦遇上了见到了，那么这个瞬间便变得不一样起来。在之后的许多年里，不一定哪个时刻，你便会想起这个瞬间。苏轼曾游某地太平寺，于寺中见到一株淡黄色的牡丹，我们也不详知它是单叶还是千叶，但苏轼称其“特奇”，想来在那一刻他的眼中，此花定有非凡之处。

醉中眼缬自斓斑，天雨曼陀照玉盘。
一朵官黄微拂掠，鞓红魏紫不须看。①

因为是诗人眼中的“特奇”之花，故而这诗中的牡丹气质便自与别处不同，斑斓璀璨，玉盘般光洁耀眼。圃中有这样一抹亮色，世所称道的姚红魏紫，便都不足为奇了。或许是因为长久的审美疲劳，苏轼才有了这样的感受，但花色之浓淡有别，给人的感受的确是不同的。浓是倾其所有的热烈存在，淡是清风朗月的漫不经心，各是各的好，彼此映照，相互成全，连不同美丽间的缝隙，也不曾忘记给予。

淡极始知花更艳，白牡丹也是好看的。尽管世称牡丹多先言姚黄魏紫，但一旁静立者，也自有它的可人之处。唐朝时，每年三月初，长安城中牡丹盛开，人们争相玩赏，往来不绝。城中红紫牡丹争胜处自是有它的热闹，但开在寂静庭院中的花朵也有别样的风景。据说，当时城中慈恩寺元果院有白牡丹，比他花迟开半月，又因慈恩寺并非赏花名胜，

①宋 苏轼《游太平寺净土院看牡丹中有淡黄一朵特奇》

所以此处的白牡丹自然开得要寂寞些。但也不会完全无人看见，兵部官员裴潾游玩此处，见到寺中白牡丹，便题诗道：

长安豪贵惜春残，争赏街西紫牡丹。
别有玉杯承露冷，无人起就月中看。①

诗中写的是白牡丹的清寂，很清新，有出世的味道。后来，少年君主唐敬宗游玩至此，看见题诗，很喜欢，命妃嫔吟玩，到了日暮，此诗便传遍六宫。

牡丹有日照花盛时的媚好，便有雨打花落时的萧疏。苏轼是个极富生活情致的人，眼底常盛风景，便是寻常之景，也能叫他咀嚼出滋味来，何况本就对着这样的绝色。他曾在雨中徘徊于牡丹花前，欣赏这位绝世佳人不常为人所见的风貌。

雾雨不成点，映空疑有无。
时于花上见，的皪走明珠。
秀色洗红粉，暗香生雪肤。
黄昏更萧瑟，头重欲相扶。②

这是暮春的雨，尽管不像初春时总裹着烟岚气，但比起其他季节里的，还是要温柔许多，痕迹也是淡淡的。它落在牡丹花瓣上，晶莹剔透，一触即碎，但却在实实在在地提醒人们眼前这场雨的存在。不只牡丹花，在雨中，百紫千红都一样是这楚楚动人的形态，容色是带着水气的，连香气都是湿润的，这种氤氲缠绵的氛围，很容易令观花人失神，所谓“落

①唐 裴潾《裴给事宅白牡丹》，一说为卢纶诗
②宋 苏轼《雨中看牡丹三首》其一

花人独立，微雨燕双飞”的时刻，多是被眼前忧而不伤的氛围触动了对自身的注目，对过往的怜惜。雨后清寒渗入花骨，牡丹垂头肃立的样子既矜且持，那被看入眼中的样子很美，美得让你愿意短暂地驻足，短暂地流连，短暂地相信，仿佛有过雨中看花的这一刻，人生的种种失望就会过去。

面对牡丹这样的倾国名花，或许人人都甘当惜花之人，而在惜花之余，也自会有人借以自抒身世。并不是所有人都做得成杨贵妃的，世上更多的是身怀其璧却被命运嘲弄的女子，唐代有名的女冠鱼玄机便是一个。她曾见牡丹花残，便作《卖残牡丹》诗，抒写她隐藏于清高之下的深刻悲哀。

临风兴叹落花频，芳意潜消又一春。
应为价高人不问，却缘香甚蝶难亲。
红英只称生宫里，翠叶那堪染露尘。
及至移根上林苑，王孙方恨买无因。①

鱼玄机生于相对开放的大唐，这样的环境给了她相对能够容纳性情的空间。她很聪慧，又爱读书，长于诗词，是当时有名的才女。尽管也经历过不幸，但她因才高性傲，特立独行，最终没有被历史忽视，成为大多数被湮灭于家庭生活的女子中的一员。这首诗明里是写牡丹，暗里却是在表明心迹，鱼玄机以群芳之冠自比，抒写她的孤高自许、目下无尘。诗题里的卖残牡丹指的是剩下未卖出的牡丹。小时候也常见人卖花，一见此题，意料中总觉得是残花败叶，然而此诗中所指的却是架上价格最高、形貌最美、香气最浓的花朵，乍看起来不合情理，实则却深合人情，因为太好、太美，反倒叫大多数寻常百姓觉得情怯起来，害怕询问，

①唐　鱼玄机《卖残牡丹》

预先知道承担不起。女诗人在暮春的某天看到这一幕，推及己身，联想到自己的命运，于是写下此诗。但她也不消沉，反而意态昂扬，对牡丹花的前程和自己的价值满怀信心——身为无价之宝，只合生长天家御苑之中。我足够好足够美，你们视而不见不作珍惜，将来势必后悔的是你们，不会是牡丹也不会是我。但这笃定的语气，何尝不是一种虚张声势？芳意潜消又一春，不知不觉间，年岁渐行渐远，花无心可以不急，人真的能做到不忧不惧吗？不可能的。

一饷园林绿就，柳外莺声初透。轻暖与轻寒，又是牡丹花候。花候，花候，岁岁年年人瘦。①

这首小令中，最动人的一句是“又是牡丹花候”。岁时里总有花开，时节便以此区分开来。牡丹花候，仿佛年年如故，全不似人世真实的残酷。而既言人瘦，自是花肥了。常常想，人生几十载，繁华过眼，真的不会于某日看淡这纷尘扰攘的颜色吗？但人终归无法进入花的世界，同享这岁岁如一、连绵不绝的繁盛。

但还可以绘成丹青流传下来，世间万紫千红，名花处处皆是，但论及可堪入画，恐怕没有几种花能与牡丹相比。但凡是风流繁华地，便绝不会缺少牡丹花。而在那些富丽堂皇的氛围中，也的确没有比牡丹更合宜的花了。

彩毫和露写名花，紫艳分明出魏家。
应是洛阳归梦远，缁尘红土半京华。②

粉香云暖露华新，晓日浓熏富贵春。

---

①宋 吴潜 《如梦令》
②明 李东阳 《题画牡丹》

好似沉香亭上看，东风依约可怜人。①

彩墨铺展，落笔便是金玉满堂。牡丹起笔就只能是富艳之态，没法孤高，没法清傲，也没法恬淡。但形色好铺设，神韵却难得，牡丹主题的绘画在今天依然随处可见，你看在眼底觉着热闹，但过眼即忘，真正觉得精彩的却极少。但没有画也不要紧，苏轼曾说：“丹青欲写倾城色，世上今无杨子华。”眼前有景画不得、画不好、画不尽，古往今来，都是一样的。

①明 文征明《画牡丹》

纪事

初有木芍药植于沉香亭前，其花一日忽开，一枝两头，朝则深红，午则深碧，暮则深黄，夜则粉白，昼夜之间，香艳各异。帝曰：此花木之妖，不足讶也。

——《开元天宝遗事》

隋帝辟地二百里为西苑，诏天下进花卉。易州进二十箱牡丹，有赪红、鞓红、飞来红、袁家红、醉颜红、云红、天外红、一拂黄、软条黄、延安黄、先春红、颤风娇等名。

——《海记》

都城牡丹时，无不往观惠安园者，园在嘉兴观西二里，堂前牡丹数百亩。

——《帝京景物略》

《素问》中载："清明次五日，田鼠化为鴽，牡丹华。"牡丹花开时候，是个清新明丽的好日子。牡丹是花王，受万人注目，因而花期便成了全民的节日。牡丹花会自古便以洛阳为盛，"洛阳地脉花最宜，牡丹尤为天下奇，"即便到了如今，尽管花事比不上古时繁盛，但牡丹花开时洛阳城的热闹氛围，也是名不虚传。关于洛阳牡丹有诸多传说，当中最有名的要数武后贬谪牡丹的故事。

武后诏游后苑，百花俱开，牡丹独迟，遂贬于洛阳，故洛阳牡丹冠天下。①

虽然这个传说应该出于文人的杜撰，却也透露出人们对于牡丹的要求，不止要芳姿艳质压住群芳，还需要风骨傲气高于百花，才配得上“国色”之名，不能单纯以其繁荣之色就对其另眼相看。

洛阳人自古好花，欧阳修《洛阳牡丹记》中提到：宋朝时，洛城中不分贵贱，人人家都有花，春时，洛城中男女老少，皆以簪花为乐。中国古建筑精致好看，又与自然相和谐，花开之处皆景色融美，情致摇曳。每岁牡丹花盛时，全城轰动，纷纷相约往城中花好处，赏花游乐，直至花落时才停止。当时像月陂堤、张家园、棠棣坊、长寿寺等，都是洛阳城中的赏花胜地。当时天下倾慕洛阳名花，于是洛城官员便需千里运送，花不比一般货物结实，所以古人便想出腊封之法，以蜡护住花蒂，才将姚黄、魏紫等名花运送至京师。

牡丹花娇贵，培育繁衍都颇费心力，洛城人常于附近山间专门置田地养植。而每岁花落后，须得有专人精心接头，次年方能再次盛开。这样的精细活并不是随便一个花匠便能胜任的，国色天香的风头之下，需要的却是脚踏实地的辛劳。当时手艺精湛的接花人，被称为“门园子”，富豪之家凡养有牡丹的，皆争相邀往。当时姚黄的一个接头，可值五千钱。洛阳人很爱惜如姚黄这样的名品，太过爱惜，以至生出占有的私心，不愿它流传天下，有富豪欲取，明里虽不能拒绝，暗地里却杀灭接头，不令其外传。

所以，洛阳的牡丹从来最好，新品出现得也频繁，天下间别处的牡丹争不过它的锋芒。欧阳修喜欢牡丹，除了《洛阳牡丹记》外，他还曾

①宋 高承《事物纪原》

写过一首《洛阳牡丹图》诗，描述别人携来的一幅牡丹图。图中有新旧牡丹名花，欧阳修看后，如逢故人。他在诗中这样写道：

洛阳地脉花最宜，牡丹尤为天下奇。
我昔所记数十种，于今十年半忘之。
开图若见故人面，其间数种昔未窥。
客言近岁花特异，往往变出呈新枝。
洛人惊夸立名字，买种不复论家赀。
……
四十年间花百变，最后最好潜溪绯。
今花虽新我未识，未信与旧谁妍媸。
……
争新斗丽若不已，更后百载知何为。
但令新花日愈好，惟有我老年年衰。①

爱花之心是一直延续的，即使几十年间数次变迁，也依然能成为日渐老去的人们记录岁时的载体。新旧牡丹争相绽放，互较妍媸，洛阳城内外满目光景绮丽，那是最盛时节的牡丹，也是最盛时节的洛阳。如今的洛阳城，在牡丹花开时也有不少牡丹园开放，甚至还有专门的牡丹节，作为地方的旅游名片之一。虽说也引得游人络绎，但最盛最好的时候，毕竟已经过去了。

但还是有传说留下来，最为耳熟能详的，还是开元天宝年间遗留下来的那倾国名花和绝代佳人的韵事。和传说中同时代的梅花与梅妃代表的清丽不同，当时可与富艳的杨贵妃气质相衬的，只有秾丽的牡丹。

初有木芍药植于沉香亭前，其花一日忽开，一枝两头，朝

①宋 欧阳修《洛阳牡丹图》

则深红，午则深碧，暮则深黄，夜则粉白，昼夜之间，香艳各异。帝曰：此花木之妖，不足讶也。

明皇与贵妃幸华清宫，因宿酒初醒，凭妃子肩同看木芍药，上亲折一枝与妃子，递嗅其艳，曰：不惟萱草忘忧，此花香艳尤能醒酒。①

大唐兴庆宫里的沉香亭畔，种植有红、白、紫、浅红等各色牡丹。花开时节，亭前特繁茂，玄宗与贵妃临幸此地，赏玩名花。九五至尊、倾城美人与绝代名花，这样的组合，如果没有惊异之事相衬，就总觉得辜负了传奇。变色之花，在今天原不算稀有，但这昼夜之间顷刻交替的艳异，却叫人不得不与此花之“妖”联系起来。相传唐朝时有个名叫宋单父的洛阳人，极擅养牡丹，他手植的牡丹可变千般色，时人所不及。后来玄宗便将他召至洛阳养花，果然万种色样皆不同，玄宗赐他黄金千两，宫中人称之为“花师”，就是因他有此绝艺。

色彩绚烂的名花与绝代的美人，使得玄宗情不自禁地沉醉于眼前的情致，他有些忘我，需要一些不一样的东西来点缀场面。然而赏名花，对妃子，焉用旧乐辞为？于是他宣李白新进《清平调》辞。大约沉香亭前的景致真的动人吧，李白轻松写下了三首绝句，将盛唐牡丹的容色凝成文字留了下来。

云想衣裳花想容，春风拂槛露华浓。
若非群玉山头见，会向瑶台月下逢。

一枝红艳露凝香，云雨巫山枉断肠。
借问汉宫谁得似，可怜飞燕倚新妆。

---

①五代 王仁裕《开元天宝遗事》

名花倾国两相欢，长得君王带笑看。
解释春风无限恨，沉香亭北倚栏干。

其时其景很绮丽，词也写得很漂亮，贵妃很喜欢，玄宗就令梨园弟子据词调奏乐，李龟年咏歌。玄宗贵妃在沉香亭中边赏名花，边听新曲，边品美酒，很愉悦也很惬意。或许只有这样的名花与倾国，才能严丝合缝地与那个强盛热烈的王朝融合成一体。即便唐之后牡丹盛放依旧，但总觉得再不是那个属于牡丹花的王朝了。

宋淳熙三年春，如皋县孝里庄园，牡丹一本，无种自生，明年花盛开，乃紫牡丹也。杭州推官某，见花甚爱，欲移分一株，掘土尺许，见一石如剑，长二尺，题曰：此花琼岛飞来种，只许人间老眼看。遂不敢移。以是乡老诞日值花开时，必往宴为寿。李嵩三月八日生，自八十看花至一百九岁。①

青城山有牡丹，树高十丈，花甲一周始一作花。永乐中，适当花开，蜀献王遣使视之，取花以回。②

陆成之宅牡丹一株，百余年矣，朵朵茂盛，颜色鲜明。有李氏者欲得之，既移，其花朵朵皆面墙，强之向人，不能也，未几，凋残零落，无复前观。③

《如皋志》中记载的那株牡丹，有点天外飞仙的味道，生得莫名，美得也莫名，古代小说中常有这样的花，环境平凡却有点奇异，但因与长寿挂上了钩，就显得吉利起来。青城山上的那一株，则和那座道教名

①《如皋志》
②明 朱国祯《涌幢小品》
③唐 王维《桃源行》

山的气质很相似，一轮花甲才开一花，像是天意神旨降到人间的，当然得郑重其事地取回。还有陆成之家的那一株，年过百岁，花朵依然青春鲜丽。这株牡丹有性格，也有骨气，它自己要长在那里，不能挪的，即便强挪，它也不轻易遂你心意。

牡丹艳冠群芳，是花中之王，人们把能给予一种花的最高的赞誉都给了它。而它也不曾让人失望，万叶千瓣的雍容，姚黄魏紫的绚烂，它像是聚集了所有属于春天的艳，为人们奉上了属于花卉的最华美的姿容。它的盛名，曾成全过一个风华绝代的女子，成全过一座倾城爱花的城池，成全过一个赫赫扬扬的王朝。绝代只西子，众芳唯牡丹，它从来不曾被随意漫赏，自始至终，它只悠然享受着人们精心细致的打理、专程前往的郑重。

芍药篇

芍药将离

暮春时节总能看到芍药，倒是少见作为景观植物种在街道上的，一般都是在公园或植物园里的某个苗圃中长着一片。芍药圃常和牡丹圃毗邻，若不细看，乍看会觉得两花是相似的富丽秾艳，但细看却还是能看出差别。牡丹花朵多单生，且花色多样，芍药则多呈簇生，花色也较牡丹单调一些。人们素来称牡丹为花王，芍药为花相，说明尽管芍药的美比起牡丹来略逊一些，但也毫不影响它的出众。两花花期相错，牡丹荣于春末，芍药盛于夏初，虽然这是自然无意的设定，其中却隐隐透出芍药的小聪明来，避开至美的锋芒，成为夏初天地间独一无二的绝色。

释名

芍药——《诗经》
攀夷——《博雅》
将离——《古今注》
解仓——《别录》
犁食——《别录》
白木——《别录》
余容——《别录》
铤——《别录》
小牡丹——《纲目》

“芍药，犹绰约也。绰约，美好貌。此草花容绰约，故以为名。”风姿绰约，常被用来形容女子气质风雅，体态美好。古人说，“芍药”是因为和“绰约”声近，才得了这个名字。说起来，世上少有姿态不“绰约”的花，只是芍药恰巧占了先机，得了这个便宜。《诗经·郑风·溱洧》中记载了先秦时男女之间的一种风俗：“维士与女，伊其相谑，赠之以芍药。”古人于临别之时常常互赠芍药，因为芍药又名“将离”，也称“离草”。将离别这样的感伤气氛，竟搭配着芍药这样艳丽的花，有些奇怪的联结下，隐含着一个约定，“芍”又与“约”同声，于是古人视相赠如相招，期盼远别重逢。

芍药是一种历史久远的花木。先秦古籍《山海经》中就曾多次写到芍药：

绣山其草多芍药。
条谷之山其草多芍药。
洞庭之山其草多芍药。

绣山、条谷之山、洞庭之山，都以“多芍药”而闻名。当然，肯定不只是这几座山上长有芍药，但这几座山被专门记载下来，也算是给后世喜爱芍药的人们一个值得向往的神异之地。

今人往往容易将芍药与牡丹的外貌相混，因为两者实在太过相像了，如今牡丹的名气当然要大过芍药，但其实芍药成名却早于牡丹。而等到唐代以后，牡丹名声大噪时，人们又用“庭前芍药妖无格”“唯有牡丹真国色”来为牡丹平反正名。不过说起来，牡丹和芍药乍看相像，其实稍加细看也能分出差别，芍药枝叶形似牡丹却更狭长，果实似牡丹而略小，体相相对牡丹要细瘦，比起来存在感也不如牡丹那样强，所以，后世称牡丹为“花王”，芍药为它做副，称为“花相”。

其实直到现在，世人依旧是“贵牡丹而贱芍药”的。名为花王花相，共同占据了百花风头，实际上仍然有贵贱的分别。可在唐代以前，芍药驰名于世时，牡丹甚至连自己的名字都没有，只是因长得像芍药而被人草草给了个“木芍药”。花王不为人知时也曾沦为花相的附庸，这样人为赋予的宠辱盛衰间，揭示了“非天地生物无闻于古而特隆于今”的秘密。归根结底，这都是人类社会赋予它们的信息，花卉是没有意识的。但它们又美得超出人的掌控，像是偶然间生出了灵魂，如果真是这样，也不知道在它们的意识里，是不是真的会有关乎“王相”的争名之心。其实这都只是人类一厢情愿的附会，芍药应该是不知道的，或许知道也不在意，兀自荣于仲春，华于孟夏。

世言芍药香味不佳，这对于一品颜值极高的花木来说，总是有点遗憾的。不过在最初，芍药之所以被人看重的原因之一，是在于它的药性。《尔雅翼》中说：

因呼五味之和为芍药。

芍药根可入药，能够合兰桂五味来消食解毒，药效很好。所以古人才会在芍药花最盛的时候，取其根以和五腊制食毒。芍药的“药”字，或许就与此有关。这种超越审美之外的实用性能吸引来更多的关注，但久而久之，也使得人们“但用其根，不识其华”，这才有了芍药无香的误会。

国人爱花，自古以来便为之倾注了巨大的情感，这种情致在它们为其所取的名目中便可见一斑。北宋王观在《扬州芍药谱》中写到了当时著名的朱家芍药园，南北两个花圃中种有芍药五六万株，花开时引得游人如织，为当时佳话。它还提到当时的一个芍药厅，其中收有一州绝品，可惜后来名花被盗，令人惋惜。王观还在文中记录了当时著名的三十九品芍药，分列为上中下三品，收录名称和情态，名俱华美，情态也描写得动人。来看一看这些名字：

上之上

冠群芳 赛群芳 宝妆成 尽天工 晓妆新 点妆红

上之下

叠香英 积娇红

中之上

醉西施 道妆成 掬香琼 素妆残 试梅装 浅妆匀

中之下

醉娇红 拟香英 妒娇红 缕金囊

下之上

怨春红 妒鹅黄 蘸金香 试浓妆

下之中

宿妆殷 取次妆 聚香丝 簇红丝

下之下

效殷妆 会三英 合欢芳 拟绣鞯 银含棱

新收八品

御衣黄 黄楼子 袁黄冠子 峡石黄冠子 鲍黄冠子
杨花冠子 湖缬 黾池红

冠群芳、宝妆成、叠香英、浅妆匀……时隔近千年，当我们再次看到这些名字，在惊叹于古人的观察入微之余，也会为这些被细致区别的美丽所惊叹。而这其中的每一品都是不同的。比如“冠群芳”，艳冠群芳，一听名字便知道此花的雍容与明艳：“冠群芳：大旋心冠子也。深红、堆叶、顶分四五旋，其英密簇，广可及半尺，高可及六寸，艳色绝妙，可冠群芳，因以名之。枝条硬，叶疏大。”这种以众多的花瓣和高挑的花枝簇拥出的繁复之美，不管落在谁的眼中都是热闹的。又比如“晓妆新”，美人闺阁晓妆的意象本就很美，“巧落梅庭里，斜光映晓妆”，透出一股子清新的氛围。“晓妆新：白缬子也。如小旋心状，顶上四向，叶端点小殷红色，每一朵上，或三点、或四点、或五点，象衣中之点缬也，绿叶甚柔而厚，条硬而绝低。”白面之上点缀着一点红妆，恰如美人春面，与其名称相得益彰。

《洛阳花木记》也是宋代的一部花木集，其中记载了四十一种芍药，作者按颜色加以区分，分别收录黄、红、紫、白和桃等多种：

芍药凡四十一种：

千叶黄花其别十六

御衣黄 凌云黄 南黄楼子 尹家黄楼子
银褐楼子 袁黄 延寿黄 硖石黄
新安黄 寿安黄 温家黄 郭家黄

青心鲍黄 红心鲍黄 丝头黄 黄缬子

千叶红花其别十六

红楼子 红冠子 朱砂旋心 硬条旋心

斑余旋心 红缬子 灵山缬子 马家红

楚州冠子 四蜂儿 醉西施 剪平红

深红小魏花 浅红小魏花

柳圃新接（红丝头） 茆山冠子

千叶紫花其别六

紫楼子 龙间紫 紫按子 粉面紫 紫丝头 紫缬子

千叶白花二

玉楼子 白缬子

千叶桃花一

绯楼子

其中凌云黄、红冠子、龙间紫、玉楼子等，都是极漂亮的名字，我们可以透过它们想象不同品种的芍药花的艳丽，可惜这些名称对应的具体品种，今天已经无从一一考证了，现在当我们看到各色芍药，也多是用“红芍药”“白芍药”“紫芍药”等来简单称呼了。

艺文

煜煜芍药，植此前庭　晨润甘露，昼晞阳灵。

——晋 傅统妻《芍药花颂》

我闻种花如种玉，尽日阴晴看不足。

——元 袁桷《新安芍药歌》

一枝剩欲簪双髻，未有人间第一人。

——宋 陈师道《谢赵生惠芍药》

二十四桥仍在，波心荡、冷月无声。念桥边红药，年年知为谁生！

——宋 姜夔《扬州慢》

《红楼梦》中有个极美的场景，史湘云醉卧芍药裀，读过就忘不掉。史湘云酒后在园子里的石凳上，枕着鲛帕包着的芍药花酣睡，任周身碎红落了一身。这虽然出自小说，但绝不是大观园中才有的美景。芍药这样耀目的花，任谁的眼睛都是绕不过去的。古往今来，芍药花开谢了数千次，在这数千回的开落中，不知有多少人曾于花下流连迷醉。文人们将这抹艳色收于眼底，留下大量关于芍药的诗文流传世间。

南北朝谢朓的“红药当阶翻”是咏芍药的名句，五个字眼看似寻常，轻描淡写出这样一幅画面：灼灼盛开的红芍药不甘于苗圃中的寂寞，忍不住要翻过石阶来。很鲜活，也很有画面感，这样的诗中没有孤寂。红芍药应是芍药花中的明星品类了，艳丽的赤红正好跟芍药的繁复花型交相辉映。许多人都曾认真地描摹过这种美丽，唐代白居易曾因看到芍药花而有感而发：

今日阶前红芍药，几花欲老几花新。
开时不解比色相，落后始知如幻身。①

这首诗颇有禅意，也有白居易个人的思考在里面。尽管同是花开，但即便是在同一枝头上，每朵花开放的时间却不可能完全同步，肯定是几花盛放几花含苞，几花欲老几花初开。有的人会流连于它的变化，但如白居易，却会将花开花落的表象联系到人生上去。这跟古今无关，困扰大多数人的问题其实始终就那么几个，千年前白居易对着这红芍药想的问题，千年后的今天未必没有人想过。跟白居易笔下沾染着世外之气的红芍药不同，元稹诗中的红芍药则要入世得多：

繁丝蹙金蕊，高焰当炉火。
剪刻彤云片，开张赤霞裹。
烟轻琉璃叶，风亚珊瑚朵。
受露色低迷，向人娇婀娜。
酡颜醉后泣，小女妆成坐。
艳艳锦不如，夭夭桃未可。②

诗中细致地将它的形态、颜色等描述出来，“金蕊”“赤霞”“琉璃”“珊瑚”“婀娜”“艳艳”“夭夭”，都是繁复富丽的语词，但这

①唐 白居易《感芍药花寄正一上人》
②唐 元稹《红芍药》

样无形中显得有些轻佻了，还有像“庭前芍药妖无格”的评价，与其说是人们的强加，不如说是一些人的惧怕，他们惧怕红芍药这种太过张扬、毫无保留的美丽。

相比起来，白芍药就要安静得多。不过，不管什么花种，只要是白色，就容易给人清新淡雅的感觉。读书时，常在暮春时去学校花园里看那一大簇白芍药，花盛时隔着些距离望过去，团团似明月。

阿姨天上舞霓裳，姊妹庭前剪雪霜。
要与牡丹为近侍，铅华不御学梅妆。①

尽管白芍药也清丽，但人类社会却已约定俗成，清新淡雅，还是要属梅花。诗中夸赞白芍药铅华不御，学的是清幽的梅花妆。梅花自含章檐畔一点寿阳额后，便见爱于天下。梅花附上了传说，立时就风雅幽远起来，这是芍药比不了的。但碧叶白花，和一旁圃中灼灼的红药比起来，清淡得别有韵味。不过这种情形也是相对的，在群艳凝集之处，零星一两点的纯净，反而让人一眼就看见。宋代苏轼曾在某年四月时参加过一场盛大的佛会。这场盛会十分隆重，来自城北苏氏园中的七千余朵芍药被供奉在佛前，其中有一品极出众的白芍药，方方圆圆，姿格绝异，在现场七千朵芍药中脱颖而出。苏轼见了，兴奋地写诗夸赞道：“从此定知年谷熟，姑山亲见雪肌肤。”这品花开如雪的白芍药来自苏氏园，苏轼没有写明苏氏园究竟是个怎样的园子，但能送出这么独特的白芍，主人的风雅可见一斑。花季有期，仪式也有了期，当两者结合起来，花期有了实际的载体，仪式也有浪漫的风味和颜色。它们会共同融合成一个特殊氛围，虽然无以名状，但却牵此涉彼。或许多年后，苏轼又在哪儿看到一朵白色的芍药花，他可能会想起年少时赶佛会的热闹经历。

①宋 邵雍《芍药四首》其四

芍药是名花，众人耳熟能详，各地也都有能观赏芍药的地方，但其中以扬州芍药最出名。前文《扬州芍药谱》收录有当时扬州城中数得上的芍药佳品。宋代时，扬州曾兴芍药花会，每年春末夏初的芍药花季，全民便迎来一场花事狂欢。

人间花老，天涯春去，扬州别是风光。红药万株，佳名十种，天然浩态狂香。尊贵御衣黄。未便教西洛，独占花王。困倚东风，汉宫谁敢斗新妆。①

你可以想象出那样的画面，春日的扬州城中，浅碧轻红各色芍药铺满人眼，每一品都有匹配的名字，每一品都是绝色。这种全城绚烂的存在感实在太强，俨然会被烙印成人们对扬州的印象。

这样的印象，在盛时是这座淮左名都风雅的象征，但这种绚烂一旦消逝，便立刻成为人们心中一道触目惊心的伤疤。1176年（南宋淳熙丙申）夏至日，南宋词人姜夔路过扬州，当时扬州城刚刚遭受战火荼毒。姜夔一行趁暮色入城，只见四顾萧条，寒水静碧，戍角悲吟，昔盛今衰的凄怆之情在他胸中激荡起来，他写道：

淮左名都，竹西佳处，解鞍少驻初程。过春风十里，尽荠麦青青。自胡马窥江去后，废池乔木，犹厌言兵。渐黄昏，清角吹寒，都在空城。　　杜郎俊赏，算而今、重到须惊。纵豆蔻词工，青楼梦好，难赋深情。二十四桥仍在，波心荡、冷月无声。念桥边红药，年年知为谁生！②

①宋　晁补之《望海潮·扬州芍药会作》

②宋　姜夔《扬州慢》

这首《扬州慢》写出来，与姜夔同行的千岩老人萧德藻以为有“《黍离》之悲”。所谓《黍离》之悲，指的是国破山河碎、物是人已非的悲怆之情。此时姜夔才二十多岁，他看着眼前这座被战火荼毒后的古城，所有存在过的，能动的不能动的，如今尽在空城。但空城也不全是空城，处处残破的痕迹还记忆着往日的色彩。二十四桥边，兀然出现了一道意外的红色。繁华的时候，二十四桥边车水马龙，一定不缺少各种颜色，红芍药湮没其中，并不会有多亮眼。但当一切沉寂，天地间只余枯槁，那剩余的刺目的红便显示出来了。像是一种讽刺，曾经认为坚固的轻易灰飞烟灭，曾经认为柔弱的却得以在缝隙中侥幸存活。

人事代谢，花卉的生命亦有轮回。二十六年后，姜夔再访扬州城。二十多年的时间，昔日的少年已年至中年，当时被战火毁灭的城池却已重生。还是暮春时节，别的地方已经春意渐去，只有扬州，二十六年后的芍药依然满城盛放，全城春意仍浓。看着眼前的景色，姜夔的心情应该比上次要好许多，于是他信笔写道：

恨春易去，甚春却向扬州住。微雨。正茧栗稍头弄诗句。虹桥二十四，总是行云处。无语。渐半脱宫衣笑相顾。　　金壶细叶，千朵围歌舞。谁念我，发成丝，来此共樽俎。后日西园，绿阴无数。寂寞刘郎，自修花谱。①

姜夔笔意清空，笔下的芍药显得不那么具体，却十分灵动。茧栗，本指初生的牛角，这里指初生的花朵。二十四桥仍在，历劫重生的二十四桥，依然是扬州城中的风流名胜。桥边红药依然趁人不察悄然开放，人面花面相对。细密的枝叶支撑着硕大的花朵，美貌少女在花中歌舞。这样的画面不经意间又勾起词客的迟暮之感，年少伤春时，容易因花落

①宋 姜夔《侧犯·咏芍药》

叹息，而年老之时见到盛开的花朵，再想到自身不可重来的少年之时，很多人便不知该如何来排遣这种寂寞。好在还有花，好在还有愿为名花修谱，来打发寂寥岁月的人。

并不是所有的城池都以芍药为名，但在别的地方，也有开得好的芍药与爱惜此花的人。

那如新安红芍药，透日千层光闪烁。
碧云迸出紫琉璃，风动霓裳凝绰约。
我闻种花如种玉，尽日阴晴看不足。①

这几句诗出自元代袁桷的《新安芍药歌》，新安芍药未必有什么大不同，但也许是诗人的故乡情结，又或许是芍药在新安这个地方已经开成了规模，才能有透日千层光闪烁的阵仗。种花如种玉倒是个别致的比喻，待花就像对待价值连城的美玉一样珍之重之，这是惜花人的情意。也有不怜香惜玉的人，使得“香雪纷纷手中毁”。但是，即便没有这样摧花的辣手，花蕊里凝聚的青春也无法持续下去。诗里有岁月倏忽的慨叹，向来人在面对极璀璨的事物时，常会情极必反，生出繁华易逝的惧怕来。

在古代，同样为人，豪门贵族和寒门平民的生存状态有天壤之别。而同为芍药，尽管被植入截然不同的苗圃前尚且同根相生，但种植在宫廷御苑中和平民百姓家中，在人们眼中也并不相同。

薰风时候，芍药披晴昼。天上玉阑干，展一枰、天家锦绣。汉宫唐殿，嫔御逞妖娆，飞燕女，太真妃，一样新妆就。　　黄金捻线，色与红芳斗。谁把绛绡衣，误将他、胭脂渍透。晚风生处，襟袖捲浓香，持玉斝，秉纱笼，倚醉听更漏。②

①元 袁桷《新安芍药歌》
②宋 陈济翁《蓦山溪》

这首词写的是宫廷芍药，天家锦绣，因而显得要比别处绮丽华贵得多。美人如赵飞燕、杨玉环，锦衣如黄金线、绛绡衣，都被拉来作为它的陪衬。富贵人对富贵花，什么时候看，都是金丝银线的绮丽。但这华贵却不是因花更浓艳了，而是因花所衬着的景致，落在人眼中，在琼楼玉宇边就觉得华贵，在竹篱茅舍旁就显得恬淡。比如唐代韩愈的《芍药歌》中，主人公就是某户人家庭院中的芍药。

丈人庭中开好花，更无凡木争春华。
翠茎红蕊天力与，此恩不属黄钟家。
温馨熟美鲜香起，似笑无言习君子。
霜刀剪汝天女劳，何事低头学桃李。
娇痴婢子无灵性，竞挽春衫来此并。
欲将双颊一晞红，绿窗磨遍青铜镜。
一尊春酒甘若饴，丈人此乐无人知。
花前醉倒歌者谁，楚狂小子韩退之。

韩愈这首诗写得洒脱，从行文中看，他对芍药该是偏爱的，因为唐代说起来已经是牡丹花的天下了，他却还能为之唱出“更无凡木争春华”这样的句子。当年崔护看到“人面桃花相映红”，是春天里的绝色，韩愈却远其道而行，既不令芍药“低头学桃李”，也不让姑娘“竞挽春衫来此并”，他觉得，她们是无法和芍药花比美的。圃前醉卧，为花高歌，这样的时刻实在浪漫。再看韩愈的一生，起起落落波波折折，该是少有这样的时刻。

世间既有入世之人和出世之人，便该有入世之花与出世之花。而花草身不由己，身上的气质便只能由环境来决定。

的的名花对酒樽，栏边沈醉月黄昏。

今朝关外寻兰若，忽见孤芳欲断魂。①

一半春光过牡丹，又开芍药遍禅关。
久辜往约违莲社，今续清欢到宝阑。
垂露几团花面湿，东风一阵燕泥寒。
酒边何味呈奇供，绿笋朱樱正满盘。②

这两首诗中写的都是佛寺中的芍药花，和我们在别处所见不同的是，这里的芍药花带有孤芳的意象。万千枝花朵将开欲落时，应该是在暮春，芍药花期本就相对较晚，此时的暮春应该也只剩下尾巴，说是春花，其实也是夏花了。佛寺是出世的地方，尘世中的一花一木到了这里就有了禅意。酒樽、花圃、明月、古寺、孤芳、对花人，还有春末夏初的寂静，这种气氛，在今天已经很难找到了。

因为花期晚，春阑时节，但却正值芍药花期，此时芍药便成了留春的信使。年年岁岁花相似，于是同样的花便牵连起了不同的时空，虽然人已在如今，但看着它们，就好像还能回到过去的某一时刻。

鶗鴂怨花残，谁道春阑。多情红药待君看。浓澹晓妆新意态，独占西园。　风叶万枝繁，犹记平山。五云楼映玉成盘。二十四桥明月下，谁凭朱阑？③

春天是四季的开始，四时自此开始消逝，这是最让人留恋的时节。因此，鶗鴂无意的鸣叫也成了有意报花歇。三春时节一共有九十天，古人曾给这段时间总结出二十四番花信，从早春的梅花到暮春的荼蘼，依

①宋 蔡襄《华严院西轩见芍药》
②唐 王涣《昭庆寺看芍药》
③宋 韩元吉《浪淘沙·芍药》

次盛开，先后走完一轮又一轮的春天。

> 九十风光次第分，天怜独得殿残春。
> 一枝剩欲簪双髻，未有人间第一人。①

宋代陈师道的这首诗不着痕迹地将芍药花抬到了一个极高的地位。九十风光指的是三春时节的九十天，芍药在暮春开放，在百花的后头，花期很晚，诗人却认为这是它的福气，是上天的怜爱，才让它唱这台压轴戏，占尽暮春所有的风头。何况这风头还不是此时其他花的萧条凸显出的，而是它自身就美得扎眼。扎眼到什么程度呢？人们想要将枝头残存的一朵簪在谁的头上，却满世间找不到一个能配得上它的人。这简直是夸张到了极致，当年李白笔下国色天香的牡丹，也只是得了个和杨贵妃“两相欢”的位次。简直都有些狂妄了的溢美之词，诗人却能将它处理得“不着痕迹，尽得风流”。

即使开得再晚，芍药花也还是在花事无多的时候，而年年面对残花，也都有着不同心情的人。“落花人独立”的画面里，总有一种永恒的孤独。花越美，回忆里的韶华越是遥远，这种孤独就越分明。

> 把酒问花，茧栗稍头，春今几何？笑身居近侍，翻阶万玉；面匀菩萨，髻拥千螺。一一牙签，英英碧字，占定花间甲乙科。归来也，傍紫薇吟处，揉作阳和。　祇今花事无多，看几许风烟付与他。待围将翡翠，怕蜂粘粉；织成云锦，遣凤衔梭。谁剪并刀，赠之燕玉，莫负双娥娇溜波。花应道，尽花强人面，底用能歌。②

---

①宋 陈师道《谢赵生惠芍药》

②宋 方岳《沁园春·和赵司户红药》

那边葬花的人是痴人，这边问花的，也是痴人。而在“把酒问花”的这一刻，他多少希望能在无形中消解一点这样的孤独。世上有人认为草木有心，也有人认为草木无情，但有情无情其实无关紧要，对于痴情的人说，身边最近处的这些草木，却能触动最遥远的记忆，寄托最缥缈的思绪，这就够了。

有人独自看花，就有人聚众赏花。古代文客们常聚在一起吟赏风月，对花吟诗更是不能错过的风雅集会。1360年孟夏，黄鹤山人岳榆与相台翟君文中自吴城乘船到海虞，去友人顾仲瑛草堂寻访。当时草堂中芍药盛开，主人折花设宴。众人对着孟夏时节的繁荣饮酒赋诗。这是古代文人记忆中常有的风景。

是日雷雨新霁，风日淡荡，赵善长折金带围一朵插瓶中，及以红、白花擎绕攒簇。……仲瑛谓人事惟艰，天时自适，友朋盍簪，宁无一语以纪其行乐乎，遂以“红药当阶翻”一句分韵。①

惊岁月，一弹指，只要是有了一些年纪的人们，多少都曾有过这一刻。没留神时间究竟是怎么过去的，就已经翻山越水到了眼前。人之所以对一些故地留有感情，是因这些去处，留存着过去的痕迹。当昔日众人欢聚、面对红药吟诗的热闹过去许久以后，故人再次寻访旧迹，往往也找不到自己要的。但在人们眼中，旧时的楼阁之下的红药依然如故，就还能带给人一些过去的痕迹。当时的绚烂放到后来，成了无可寻觅的落寞。于是他只能循着想象摸索回过去，因惜花人惜花，因此便觉得花更怜惜花人。但毕竟时过境迁，即便花事如旧，旧时的情味也不再复得了。这总会让人们生出一种怅然，时间一直在流逝，命途里所经历的一切始终没有停止过。于是，所谓“及时行乐”，就一直浸润在中国文人的潜意识中。

①宋 岳榆《芍药诗序》

快乐的时候，总想着要将快乐延续得再久些。红药是热烈的花，常会被捧来映衬各种欢宴。偶尔这位座上宾也会在笔下产生出一些情绪：

倚栏柔弱。玉佩琼琚，劝王孙行乐。况是韶华，为伊挽驻，未放离情薄。顾盼阶前，留连醉里，莫教零落。①

人们不愿见到花落，就像不愿放手任好时光流逝，便勉力“为伊挽驻”，但这里花仿佛比人更明白韶华易逝的道理，即便它能在一场场欢宴中“顾盼阶前，留连醉里”，也无法真正做到“莫教零落”，于是，花反劝人及时行乐。

①宋 刘克庄《贺新郎》

纪事

帝相时，条谷贡铜芍药，帝命羿植铜芍药于云和，命武罗伯植芍药于后地。

——《古琴疏》

晋宫阁，名晖章殿，前芍药花六畦。

——《广群芳谱》

大中祥符四年四月，江陵府刑部郎中袁炜家圃芍药双花并。

——《符瑞志》

涉趣园在城西南三里许，两淮运判成宾月构有花畦，花时宴客，酒阑人赠一花持归，红香盈路，时称韵事。

——《邹平县志》

如今常见一些古籍中散布关于芍药生长处的记载，其中有宫廷内苑，侯门花园，还有远离城池的野地。别看只是这样轻描淡写地记上一笔，就是这一笔，也代表着那片花地多少已成了气候，才能够吸引人去。就像如今的一些节假日，城市里的人们结伴去郊外哪一处有名的花地赏花一样。外面的芍药虽有野趣，也不是人人都敢摘的，比如九姑娘娘冢边的芍药，赤色重台，既美且异，却没人敢碰，生怕一不小心就触碰了神灵。而成家花畦的传说最有韵致，主人在花开时宴客，宴罢后一客赠一花，使得沿途花香弥漫，这该是“独乐乐不如众乐乐”的极高境界了。

释名之中写了许多芍药的别名，比如“将离”“攀夷”和“余容”，它们是伴随着人们赋予芍药的各种社会信息后出现的。芍药还有一些其它的名字。《芍药谱》中记载，相传中条山上，曾有白犬化地而成芍药，所以也有人称之为白犬。还因为芍药开时正值暮春时节，所以也有人叫它“婪尾春”，“婪尾”正有尾声的意思，古时说“婪尾酒”指的就是当席的最后一杯。以一种花来作为一个季节的收束，真是浪漫的暂歇。

芍药是名花，各朝都留有逸事。相传唐长安城兴庆宫中的沉香亭前，唐玄宗与杨贵妃时常玩赏的，除了牡丹，还有大片的芍药。相传亭前有一日数变的珍品芍药：朝则深红，午则深碧，暮则深黄，夜则粉白，令天下惊羡向往。

> 西京牡丹名于天下，花盛时太守作万花会。宴集之所，以花为屏帐，至于梁栋柱拱，悉以竹筒贮水，簪花钉挂，举目皆花也。扬州产芍药，其妙者不减于姚黄、魏紫。蔡元长知维扬日，亦效洛阳作万花会。其后，岁岁循习而为，人颇病之。元祐七年，东坡来知扬州，正遇花时，吏白旧例，公判罢之，人皆鼓舞欣悦。作书报王定国云：“花会检旧案，用花千万朵，吏缘为奸，乃扬州大害，已罢之矣。虽杀风景，免造业也。”公为政之惠利于民，率皆累此，民到于今称之。①

宋朝时许多地方都会在花名花期举办盛大的花会，这段史料中记录的就是其中的两场。一场是当时西京洛阳的牡丹花会，花开时节，洛阳太守组织万花会，一时满城旖旎，雕梁画栋间，举目皆花。听起来这无疑是一桩风雅事，可以想象，每逢牡丹花开时，这场花会一定令天下惊动。于是，盛产芍药的扬州便效仿起来。但是，人为强造的美必然要劳民伤财，

①宋 张邦基《墨庄漫录》

有时反而成其罪。所以，这场绚丽的芍药万花会，年年都开，年年也都因花费巨大而遭人诟病。清人张潮笔下那“言之极雅，而实难堪”的情境，估计就是这样了。直到后来苏轼前来扬州做官，才停掉了每年万花会的旧例。此事看似与风雅相悖，却因是实实在在地惠利及民而大受好评。芍药花开时满城绚丽的光景虽然看不到了，但苏轼却务实地觉得，此举“虽杀风景，免造业也”。

除了褒贬不一的盛事，宋朝还为后世留下了种种花与人的韵事。《梦溪笔谈》中记录了一桩发生在宋仁宗时期的奇事。相传，当时有一位叫韩魏公的官员，家中有一株很奇特的芍药，一花分四枝，每枝上都有一朵芍药花。花朵上下都是红色的，只有中间点缀着一道金黄的花蕊，像是一条金腰带缠在红衣之中。这四朵异花非常罕见，而且形貌也是明艳吉祥的。于是韩魏公就想设宴招来四位宾客共赏四花，以应祥瑞。四位宾客中有本来就打算请的，也有临时找来充数的。在宴会上，主人将这四朵奇花剪下来，给四位宾客簪在头上，宾主皆欢。

其实，如果没有最后的插曲，事情至此都只能被称为一件韵事，以宋人对花月诗酒上的风雅，这样的韵事每时每地都在发生，不足以称奇。直到后来三十年间，昔日簪花的四个人相继当了宰相，这样的巧合，很容易就会使人将四人的飞黄腾达与那四朵芍药的神异联系起来，便令人称奇。明朝时还有一件类似的事，这桩事相比前事更加奇异，一本叫《玉堂赏花记》的小册子记载了这件事。

明代著名的皇家藏书楼文渊阁右侧，曾种植有一圃芍药。相传明宣宗曾命人在其中专门种植了一株淡红色的品种。景泰年初，又增加了一纯白一深红的两品，纯白居左，深红居右。原本那株淡红色的芍药还开花，但增植之后，便不再开了。直到明英宗朱祁镇经夺门之变后再次登基的天顺年间，当时有徐有贞、许彬、薛瑄、李贤四名文士同时入阁成为学士。而后中间那株淡红色的芍药就开了，神异的是，当时它恰好花开四朵，后来，其中三朵渐渐凋谢，中间一朵却经久不落。不久后，当时的四位学士除李贤以外，其他三人都因故去职。又过了一些年，彭时、吕原等八人先后升为学士，此时临近芍药花开，当时被引为传奇的李贤约八人共赏芍药，其中有一个叫黄谏的人因病未至。奇异的事再次发生，首夏四日，在园中八名学士的见证下，圃中不多不少地盛开了八朵芍药花。世间竟有这样的巧合，时人争相传议，引为奇谈。

两桩事隔了百年，说起来却十分相似。虽然后者也是以一朵芍药花暗合一位官员，但无论从数量还是花开花落的时机，都应和得太过奇巧，极有可能是来自有心人的附会，但在信息不那么通畅的时代，越是这样的传奇越容易被口口相传，乃至于越传越奇异。古人似乎很愿意沉溺于这样的传奇中，好像世间的事真的是冥冥之中的安排。人们享受着这样的传奇，到后来，事件本身是否真实，反倒不重要了。

芍药一直是花卉中的明星品种，也是直到如今依然常能见到的花。即便它不曾有过那些风雅的过去，你单看它的样子，沉下心看久些，它花瓣上由深入浅的颜色，花瓣上细微的筋脉，不同方向下折射出的渐变色彩，还有那低垂的叶，颤动的花枝……这一切都是天然的，是光、水、风、空气还有时间造就的，或许只差那么些微的一点，花就不再是这朵花了，你路过得稍微快些都无法发现。人为生产线下再精微的比例也调不出来，它是天生的、变化的，随时为你带来惊喜。即便是苗圃中随便的一朵，看得久了，你也会被它折服。

蔷薇篇

蔷薇卧夏

蔷薇是如今人们颇为熟悉的花，春末夏初时节，公园里的藤墙边，道路旁的铁栅上，不经意都能发现它攀援的姿态。热热闹闹地缀了一树，远远看去目眩神迷，映着初夏已经有些刺眼的阳光，很衬那个刚刚热闹起来的时节。人们有时容易将蔷薇和另外一种常见的花——月季混淆，按照现代植物学的分法，两者同属蔷薇科蔷薇属，可以算作“血缘”十分接近的姊妹花。但相比月季一枝一花的独秀，蔷薇显得要繁茂得多，一群一群的，星星点点地缀在碧绿的浓荫上，自蔽暗处向显眼的地方爬，以不容分说的姿态尽情释放着生命的热烈。蔷薇当然不只是现代人才熟悉的花木，它在中国有着悠久的历史，从几千年起，它就已经是人们眼中岁序演变间的佳客了。

释名

蔷薇——《别录》
山棘——《别录》
牛棘——《本经》
牛勒——《别录》
刺花——《纲目》
玉鸡苗——《花史》
买笑——《贾氏说林》
营实——《子名》

因为总是以合簇成群的姿态出现在人前，所以蔷薇的气质一点也不孤僻，于是，即便它丛生、藤身而多刺，与大多数花迥然相异，也显得亲切好接近。《本草纲目》中称其为“墙蘼”，注解中释名为“蔷薇”。古人认为这种植物“草蔓柔靡，依墙援而生”，故得此名。这个说法颇合逻辑，以墙生而得“蔷”，也很符合此花的特性。蔷薇还曾有过不少名字，比如像《本草》中记载的，因“其子成簇而生，如营星然”，便被人称作“营实”；还因“其茎多棘刺”，所以也有“刺蘼”之称。而为花取名并不是文人墨客的专利，与山野田泽亲近的农人们更有得天独厚的条件。他们发现“牛喜食之”，于是蔷薇便有了“牛棘”“牛勒”

之类的名字，活泼有趣。

如今，各地都极易寻到蔷薇的踪迹，它是人们最熟悉的花卉之一。其实在很久以前，蔷薇便已处处都是了。明代徐光启《农政全书》中专门有《蔷蘼考》，其中记载道：“（蔷薇）今处处有之，生荒野岗领间，人家园圃中亦栽。”名声很大，分布又很广，所以蔷薇也常被人们从山间移入家中，作为居所环境的点缀。而不同地域里的蔷薇，因水土有异而呈现出截然不同的品种样貌：

（通州）物产蔷薇，有一本，具五色者。

（临晋县）物产蔷薇，有黄红紫粉红诸色，黄者开早，俗呼“三月黄”。

（淯川县）物产蔷薇，其色有深红浅红黄紫之殊，其色最美而花最大者，名“佛见笑”。

（洋县）土产蔷薇，有红黄二种，取露极佳。

（江宁府）摅佚黄蔷薇最贵重，亦最难养。花开时大于碗，喜独植，杂以他卉则易萎，亦异品也。

（常熟县）物产蔷薇，有荷花蔷薇，又有黄者，花尤大。

蔷薇明艳可人，且秀色成群，与枝叶反差明显，是极具观赏性和视觉冲击力的花卉，加之又有蜜味芳香，单是最普遍的红白二色就已足够招蜂引蝶，何况其他。蔷薇生在绚烂的春夏之交，生来又繁英璀璨，故而这些盛产蔷薇的地方，即便前人不加详述，我们也不难想象其花季来时的旖旎光景。于是这一贯的旖旎中偶然生出的惊异，便更引人注目。于是，通州的五色蔷薇，临晋的三月黄，淯川的佛见笑，江宁大如碗的黄蔷薇，常熟的荷花蔷薇，等等，便从那漫山的明艳中被拎出来，向人们展示它们的别具一格。

古时还有地方因多出蔷薇而干脆被冠以“蔷薇”之名的，比如昌平蔷薇川，又比如浙江上虞蔷薇洞。蔷薇洞在上虞东山之半，相传李白曾

行游至此，漫赏过此处蔷薇后很喜欢，离开后也常常思念，还留下一首诗：“不到东山久，蔷薇几度花。白云还自散，明月落谁家。”诗人对蔷薇的思念，牵连出可望难即的跨时空感。

蔷薇品种多样，如今人们常见熟知的就已不少，而往上追溯至明清时，会发现那时的蔷薇品种就已多得让人眼花缭乱。《群芳谱》中就记载了朱蔷薇、荷花蔷薇、刺梅堆、五色蔷薇、黄蔷薇、淡黄蔷薇、鹅黄蔷薇、白蔷薇、鹅黑者、肉红者、粉红者、四出者、重瓣厚叠者、长沙千叶者等众多的品种。

其类有朱蔷薇，赤色多叶，花大叶粗，最先开。荷花蔷薇，千叶，花红，状似荷花。刺梅堆，千叶，色大红，如刺绣所成，开最后。五色蔷薇，花亦多叶而小，一枝五六朵，有深红、浅红之别。黄蔷薇，色蜜花大，韵雅态娇，紫茎修条，繁夥可爱，蔷薇上品也。淡黄蔷薇，鹅黄蔷薇，易盛难久。白蔷薇，类玫瑰。又有紫者，黑者，肉红者，粉红者，名粉团。四出者，重瓣厚叠者，长沙千叶者。开时连春接夏，清馥可人，结屏甚佳。别有野蔷薇，号野客，雪白、粉红香更郁烈，法于花卸时，摘去其蒂，花发无已。如生莠虫，以鱼腥水浇之，倾银炉灰撒之，虫自死。他如宝相、金钵盂、佛见笑、七姊妹、十姊妹，体态相类，种法亦同。又有月桂一种，花应月圆缺。①

造物究竟有多少深情，才赐以这诸般美物点缀人间？顾名可思义，这些名字大多可显示出这些蔷薇的特色：朱蔷薇，硕大的朱红色花蕾十分显眼，于众蔷薇中最先开；刺梅堆，想来多少应有红梅的风姿，花瓣立体如刺绣而成，在众蔷薇中最后开，与朱蔷薇一前一后，界分蔷薇花事；

①明 王象晋《群芳谱》

荷花蔷薇，形貌状似荷花；月桂蔷薇，花期如秋桂以应月时。此外还有各色蔷薇，黄白紫黑、深红浅红等，共同丰富着蔷薇架上的层次。黄蔷薇是蔷薇中的佳品，历来受到的关注极多。

（黄蔷薇）色蜜花大，亦奇种也。剪条插种，近广于昔，态娇韵雅，蔷薇上品。①

物以稀为贵，比起红白色的蔷薇，这黄色的品种的确少见，另有鹅黄、淡黄的，也颇可观。还有野蔷薇花，又有“野客”之称，前人言其有雪白、粉红二色，香味浓烈，也不容忽视。蔷薇的品种经历代演化，留存于今的有野生的，也有经人工栽培而成的。严格说来，野蔷薇与蔷薇在今天已属两种植物，形态、特性、花期等都有不同。而在植物分界并不那么严格的中国古代，即便是野蔷薇，肯定也被收在当时“蔷薇”的范畴之中。但在此也不必细究，不管是个什么名头，它们终究是极绚烂的花朵，在千百代人的春夏中熠熠生辉。

现代的蔷薇科植物中，最有名也最为人喜爱的品种应该是月季花。此花色泽艳丽，四季开花，是现代最具装饰性的植物之一。

此花即东方所谓四季花者，翠蔓红花，蜀少霜雪，此花得终发，十二月辄一开，花亘四时，月一披秀，寒暑不改，似固常守。②

一年四季虽花开不断，但也花落不断，唯有月季花永远我行我素，春去秋来，皆与它毫不相关。朝生夕落没有恒常的花，月季却像莫名中战胜了时间。

①宋 陈师道《谢赵生惠芍药》
②宋 宋祁《益都方物略记》

除了观赏性，蔷薇还是药性极佳的草药。蔷薇子又称“营实”，长久服用轻身益气，安神助眠。蔷薇根苦涩性冷，能入阳明经，有治热度、除逆气、通结血、止腹泻等效用。还有蔷薇叶，研磨清晰后，是清敷创伤的良药。比起其他部位，蔷薇花似乎没这许多药用，但它能做蔷薇露，芬芳异常，亦颇为人所爱。

艺文

有情芍药含春泪，无力蔷薇卧晓枝。

——宋 秦观《春日》

暗香一阵连风起，知有蔷薇涧底花。

——宋 王安石《同熊伯通自定林过悟真二首》其一

蔷薇花落秋风起，荆棘满庭君始知。

——唐 贾岛《题兴化园亭》

回廊四合掩寂寞，碧鹦鹉对红蔷薇。

——唐 李商隐《日射》

钗钿堕处遗香泽，乱点桃蹊，轻翻柳陌。

——宋 周邦彦《六丑·蔷薇谢后作》

有句诗曾这样说："可惜荼蘼都过了，绕篱犹自有蔷薇。"很合衬地形容出春夏交替时节，人们因百花凋谢而起的落寞还未褪去，却又突见篱上蔷薇烂漫时的惊喜心情。这是造化赐予的慈悲，本以为真的会"开到荼蘼花事了"，却没想到春归之后，不久便又有明媚鲜妍的夏花紧随其后。蔷薇热热闹闹地当先盛开，十分应景：

万卉春风度，繁花夏景长。
馆娃人尽醉，西子始新妆。①

蔷薇形容绚烂，繁花衬夏景，远望如锦绣，因而又有“锦被堆”之称。宋代宋祁有《锦被堆赞》，称赞蔷薇花“花跗芬侈，丛刺于根，不可把玩，艳以妍整”，有香有色却刺生于上，惹人注目却不可亵玩，这热烈泼辣的味道，的确很合这夏日的气氛。

于是，少有人不爱蔷薇花。唐代储光羲曾作《蔷薇》诗，描写这繁盛夏日里的蔷薇印象：

袅袅长数寻，青青不作林。
一茎独秀当庭心，数枝分作满庭阴。
春日迟迟欲将半，庭影离离正堪玩。
枝上娇莺不畏人，叶底飞蛾自相乱。
秦家女儿爱芳菲，画眉相伴采葳蕤。
高处红须欲就手，低边绿刺已牵衣。
蒲萄架上朝光满，杨柳园中暝鸟飞。
连袂蹋歌从此去，风吹香气逐人归。

蔷薇的青茎细长柔软，风一过便随之款款摆动，颇有袅袅之态，在渐热起来的天气里本就很能悦人眼目，再加上碧枝之上的艳丽花萼，轻松便织就满庭秀色来。这首诗里的蔷薇算是开得早的，此时春尚未半，庭院中春色依然。蔷薇枝头有娇鸟飞虫，花下有红颜少女，空气中有浓香弥散，又有歌声悦耳。人事物时，无一不美好，花期一时又完不得，因而给人长长久久的错觉，觉得可以一直相伴。

蔷薇本是容易见到的花，由古及今，都是庭院中常见的景观，因而

①唐 吴融《蔷薇》

蔷薇花下的种种，便成为代代人共同的记忆。唐代白居易很喜欢蔷薇花，曾作诗戏谑道："少府无妻春寂寞，花开将尔当夫人。"竟要将蔷薇花当作妻子。他好几次写到他和友人在蔷薇架下的悠闲时光，隔着一千多年依然能闻见那悠闲场景里的香气。他曾作过一首长诗，用了足足三十韵，来细写他对眼前那架蔷薇的爱重。行文之中用词颇为漂亮，将蔷薇花的特点也总结得很全面，录其部分如下：

托质依高架，攒花对小堂。晚开春去后，独秀院中央。
霁景朱明早，芳时白昼长。秾因天与色，丽共日争光。
剪碧排千萼，研朱染万房。烟条涂石绿，粉蕊扑雌黄。
根动彤云涌，枝摇赤羽翔。九微灯炫转，七宝帐荧煌。
淑气熏行径，清阴接步廊。照梁迷藻棁，耀壁变雕墙。
烂若丛然火，殷于叶得霜。胭脂含脸笑，苏合裛衣香。
浃洽濡晨露，玲珑漏夕阳。合罗排勘缬，醉晕浅深妆。①

读来让人忍不住向往古人庭院住宅的格局，动辄便能拥有这一架蔷薇，使主人得以终日与之相对。这株蔷薇显然就要比储光羲歌里那株开得晚了，但也正是因它"晚开春去后"，才得以"独秀院中央"，不让其他花抢了风头。秾丽的蔷薇花会胶着住人们的视线，引得人长长久久地看下去，而在这样漫长的相对中，仿佛连时间都变长了。剪碧，研朱，烟条，粉蕊，彤云，赤羽……诸多漂亮的语词，尚且形容不尽蔷薇的艳丽，诗人还要拉上其他花来为它陪衬：

桃李惭无语，芸兰让不芳。山榴何细碎，石竹苦寻常。
蕙惨偎栏避，莲羞映浦藏。怯教蕉叶战，妒得柳花狂。②

---

①唐 白居易《裴常侍以题蔷薇架十八韵见示因广为三十韵以和之》
②同上

这样的偏爱简直铺天盖地，桃李花、芸兰、山榴、石竹、蕙兰、莲、蕉叶、柳花……在此时的诗人眼中全然失色了，尽管蔷薇是因色香俱佳且阵仗浩大而占了便宜，但能这样蔚然成荫，众花相结活似花屏秀伞的，百花中确实寻不出更多，也不负诗人这样的深情。白居易在此诗末尾言道："假如君爱杀，留著莫移将"，还不忘劝主人切莫草率移植以免伤及这株规模已成的蔷薇花树，既是爱惜蔷薇花，也是对此时此地此情此景的留恋。

拥有类似记忆的并不止白氏一人。蔷薇花期一至，多有文人墨客相约在花树下赏玩流连。唐代刘禹锡曾与友人二三一起在蔷薇花架下联句，情闲致深：

似锦如霞色，连春接夏开。（刘禹锡）
波红分影入，风好带香来。（裴度）
得地依东阁，当阶奉上台。（白行式）
浅深皆有态，次第暗相催。（刘禹锡）
满地愁英落，缘堤惜棹回。（裴度）
芳浓濡雨露，明丽隔尘埃。（白行式）
似著胭脂染，如经巧妇裁。（白居易）
奈花无别计，只有酒残杯。（张籍）①

有如红霞彩锦般的颜色，在这春夏交界时的亭台楼阁中绽放出来。原本那艳丽的颜色就已经足够悦目，再加上阵阵不容忽视的香气，让人所见所闻所嗅，周身无不被蔷薇花浸染。花开时参差有态，看花的心思尽日犹嫌不足；花落时满地红英，惜花的怅惘又接踵而来。此诗做得圆融，不知道的人根本看不出是多人合作，可见其时看花人心情与志趣的相似。想来许多年后，当他们在某个春末夏初再次看到蔷薇，岁时顷刻间经它

①唐 刘禹锡等《蔷薇花联句》

回头，还能令他们想起多年前相聚共赏名花的记忆。

蔷薇的气质平易近人，它并不只开在文人墨客的玩赏之处，更常开在寻常百姓家。唐代陆龟蒙曾写平民家中的蔷薇之态：

倚墙当户自横陈，致得贫家不似贫。
外布芳菲虽笑日，中含芒刺欲伤人。
清香往往生遥吹，狂蔓看看及四邻。
遇有客来堪玩处，一端晴绮照烟新。①

这树蔷薇倚墙盛开，光艳动人，令贫家再不显得四壁空空。比起深宅大院中被悉心照料的花树，此地的蔷薇倒像是个亲切的友人，俯身含笑。同时却也隔着些距离，暗藏机锋。人世间每个人运命不同，但有时也能在想不到之处找到某种平衡。蔷薇花不似牡丹雍容华贵，却可以开在任何人的院中。

蔷薇花期多在明媚热闹的夏季，这是一年之中最热闹的时节，夏日不像春日，寂静悠长，缓缓的样子，让人不容易注意到时间依然在流逝着。蔷薇的繁茂与夏天的气质很相衬，倾盖而下的模样，从视觉上都能令人觉得凉爽。

百丈蔷薇枝，缭绕成洞房。密叶翠帷重，秾花红锦张。
对著玉局棋，遣此朱夏长。香云落衣袂，一月留余芳。②

这已是棵成了风气的大蔷薇树了，枝缠叶绕，盘结成幽深的洞室，眼前的红花翠叶搭成浅碧轻红的帷帐，封成一个隔绝的蔷薇世界。就像在尘世中突然牵开了一道口子，能为人提供外面没有的宁谧。主人再在

---

①唐 陆龟蒙《蔷薇》
②明 顾璘《蔷薇洞》

其中摆上一局棋，就真的像是深山里的神仙了。等到花落时，除了余香盘桓不去之外，此时的蔷薇落花也会提醒人们时序的变换：

破却千家作一池，不栽桃李种蔷薇。
蔷薇花落秋风起，荆棘满庭君始知。①

花开时尚未春去，花落时俨然秋深，置身于这一去一来之中的人却恍若浑然未觉。岁月流转，美好的事物时刻在新生，也时刻在离去，这当中不堪细想，细想会让人后怕。所以不如不要去想，且在花时漫赏蔷薇。

当户种蔷薇，枝叶太葳蕤。不摇香已乱，无风花自飞。
春闺不能静，开匣理明妃。曲池浮采采，斜岸列依依。
或闻好音度，时见衔泥归。且对清酤湛，其余任是非。②

经年以后，花事渐远，如果久不见蔷薇，当时称赏不已的种种细节便未必记得清了，可那不摇香已乱、无风花自飞的印象仍旧鲜明着。何况关于蔷薇花的记忆从来也不会单一，旁边总是不乏热热闹闹的陪衬。于是，隔上许久后再遇到蔷薇花，便好像是故人相逢。

何处遇蔷薇，殊乡冷节时。雨声笼锦帐，风势偃罗帏。
通体全无力，酡颜不自持。绿疏微露刺，红密欲藏枝。
惬意凭阑久，贪吟放盏迟。旁人应见讶，自醉自题诗。③

这是唐代韩偓在仲春寒食日这天，于一场雨中观赏蔷薇之后而作的。

---

①唐 贾岛《题兴化园亭》
②南朝 柳恽《咏蔷薇》
③唐 韩偓《寒食日沙县雨中看蔷薇》

韩偓有一句诗我很喜欢，“已凉天气未寒时”，而这诗中与蔷薇相逢的节候，也是在一个微凉时节。雨打蔷薇花枝，就像是美人晨起梳妆，晶莹剔透的模样原该极美，但雨声风势的包围里，蔷薇花不胜吹打，终是垂下了头，只余枝头绿茎露刺，红花藏入叶中。这在惜花人眼中正如梨花带雨，自有些不胜寒凉的怯弱。但美毕竟是美，能使人忘忧，能令人忘情，还能令人醉上加醉。而这样难得的羞怯，却颇叫诗人喜欢，久久凭栏，持盏怔忡。

很偶尔的时候，这片刻的出神会等来惊喜。曾有人在蔷薇架下饮酒，便等来了一桩巧事。

独酌蔷薇下，花阴乱午风。
有时残露滴，刚著酒杯中。①

这首小诗看着玲珑，其中却颇有情致，记录下一个极有意趣的瞬间。诗中人饮于蔷薇花下，突然一滴蔷薇花露落入酒杯中。画面至此戛然而止，却引得人不由得想探知后续，想来这蔷薇花酒，饮下后一定也是口齿噙香吧。

蔷薇花好时，花下不缺流连赏玩的爱花人，即便是花落后，也依然有恋恋不舍的痴客。宋代周邦彦就是一个。他曾亲作长调《六丑·蔷薇谢后作》，抒写蔷薇花落后他作为看花人的心境。这首词意韵悠长，追惜之情也写得婉转曲折，是惜花诗文里的名作。

正单衣试酒，怅客里、光阴虚掷。愿春暂留，春归如过翼，一去无迹。为问花何在？夜来风雨，葬楚宫倾国。钗钿堕处遗香泽。乱点桃蹊，轻翻柳陌。多情为谁追惜？但蜂媒蝶使，时叩窗隔。　　东园岑寂，渐蒙笼暗碧。静绕珍丛底，成叹息。

①明 鲁铎《饮蔷薇下》

长条故惹行客。似牵衣待话，别情无极。残英小、强簪巾帻。终不似一朵，钗头颤袅，向人欹侧。漂流处、莫趁潮汐。恐断红、尚有相思字，何由见得？①

最是人间留不住，朱颜辞镜花辞树。即便蔷薇花开在枝头时，曾给过人热烈得仿佛永不会凋落的感觉，但时候一到，它也只能随着一夜风雨而落尽，没有半点余地。美好的寂灭会带给人强烈的冲击，抽象的时间突然具象起来，激起客居他乡的游子模糊的惊痛，他甚至来不及拒绝这样突然而锐利的提醒，大把光阴已然虚掷。然而此时已非花时，除了蜂蝶缠绵花瓣，昔日的那些惜花人早已不见踪迹。只有眼前这个人始终不忍离去，反而流连于已见残败的蔷薇丛中，对着花谢之后光秃的枝条叹息。“长条故惹行客，似牵衣待话，别情无极”，向来以为，这句是整首词中最精彩的一句，堪为警策。半生的不舍，一世的痴情，都在其中了。小心翼翼地将残红捧起，勉强簪到发上，对比盛时的风姿，伤感今日的凋零，花是昔盛今衰，人是光阴虚掷，谁也不比谁强多少。可就算这样，也还是要强打着精神再劝一次，纵使漂流，也莫随潮汐远远离去，否则，上面的相思字句，便再也无人得见了。想不到，开时那般生机勃勃的蔷薇花，一旦落时，竟也能牵起相思如是。

①宋 周邦彦《六丑·蔷薇谢后作》

纪事

显德五年，昆明国献蔷薇水十五瓶，云得自西域，以洒衣，衣敝而香不灭。

——《妆楼记》

梁元帝竹林堂中多种蔷薇，康家四出蔷薇，白马寺黑蔷薇，长沙千叶蔷薇，并以长格校其上，花叶相连其下，有十间花屋，枝叶交映，芬芳袭人。

——《寰宇记》

己未岁得会稽之百叶蔷薇，又得嵇山之重台蔷薇。

——《平泉草木记》

徐知诰会客，令赋蔷薇诗，先成者赐以锦袍，陈浚先得之。

——《花史》

在大多数人的印象里，蔷薇总攀在家中的墙垣上，亲近得没什么架子，又没被历代文人墨客额外赋予什么精神内蕴，故而美则美矣，在百花之中却总显得不够特别。但只要世间还有人爱它，就不会少了它的故事。蔷薇有一个不太为人所知的别名，叫作买笑。这个名字乍看有些突兀，和娇艳的蔷薇花怎么也扯不上关系的。的确，此名与蔷薇花形貌无关，它是来源于古代的一则逸事。

这则逸事的主人公是汉武帝和他临幸过的一个名叫丽娟的宫女。这个女子在汉宫中并没有什么特别的名分，平生也没有什么意料之外的特别，后宫中这样的女子比比皆是。如果不是和蔷薇花沾上了些关联，人们应该永远也注意不到这个女子。但她也拥有如蔷薇花般美丽的姿容，史料中记载了关于她的一点片段：

汉武帝所幸宫人丽娟，年十四，玉肤柔软，吹气如兰。娟身轻弱不欲衣，缨拂之，恐伤为痕。每歌，李延年和之，于芝生殿旁，唱回风之曲，庭中树为之翻落。①

豆蔻年华的少女，恰处于奇花初胎的年纪，她曾于芝兰生殿旁唱回风之曲，庭中木叶为之飘落。这画面极美，让人想起屈原那句千古传诵的“洞庭波兮木叶下”。蔷薇为“买笑”之名，就是从她而起的。相传她曾陪伴汉武帝看花，时逢蔷薇花初开，风姿妩媚，仿佛美人含笑。武帝见了称赞道：“此花绝胜佳人笑也。”丽娟立刻笑着接道：“笑可以买吗？”武帝便回说可以。谁料丽娟竟取来黄金百斤作买笑之资，换与帝一日之欢。后来丽娟渐渐失宠湮没于后宫之中，可见“买来之笑”，终究不能长久。但蔷薇“买笑”之名，却自此流传下来。

类似的还有“玉鸡苗”之称。《花史》中记载了这么一桩事：东平城南有个许司马府，府中后圃有蔷薇花树，特繁茂，于是主人便想分出几根来移往别处栽植。谁料在动土的过程中，突然在花根下掘出一颗形状似鸡、缤纷五色的玉石，于是这棵蔷薇树自然就神异起来，时人便又称蔷薇为“玉鸡苗”。

蔷薇在后世越来越受人喜爱。梁元帝萧绎喜爱蔷薇，他曾在自己一处叫作“竹林堂”的住所中专门辟出十间屋子来种蔷薇，花时流连花下，只见“枝叶交映，芬芳袭人”。而到了唐朝，蔷薇的栽培与移植变得更为广泛，品种也越来越多，唐代李德裕在《平泉山居草木记》中记载他

①汉 郭宪《洞冥记》

曾移植过的两株蔷薇，“己未岁得会稽之百叶蔷薇，又得稽山之重台蔷薇”，千里辗转、不辞辛苦方求得的花朵，自然要小心翼翼地对待。

花能凝作露，既鲜洁又好闻，古代蔷薇花露多产自异邦，被作为珍贵的礼物，用在郑重的仪式中。

周显德五年，昆明国献蔷薇水十五瓶，云得自西域，以洒衣，衣敝而香不灭。①

衣敝而香不灭，是说蔷薇浓香袭人，洒在衣服上，经年其香不消。相传彼时蔷薇露出自大食国、占成国、瓜哇国、回回国等处，除了是古代妇女们喜爱的奁中之物外，还兼有治疗心疾之效。

如果我们遇到哪个女孩以“蔷”“薇”等字眼为名，即便不见其人，印象也会先入为主，觉得这姑娘应该明媚秀丽。蔷薇是平易近人的花，一贯盛开在旧时家家户户的墙头，其时常在盛夏，茎繁叶茂，百朵千朵的花瀑间蝶没蜂出。走进门来，探出窗外，不用特意去看，浅粉深红的底色便铺在人的眼眶中了。蔷薇是最有生命力的花朵，别的花争不过它。只要它一天还开在盛夏里，生命该有如何昂扬的姿态，就始终明了在看花人的心中。

---

①唐 张泌《妆楼记》

荷花篇

十

芙蓉照水

荷花生来是夏花，夏天炎热，人们常想去水边纳凉，它偏巧又生长在水泽池沼边，两者相得益彰。酷烈的天气里看什么都是蔫蔫的，荷花选在这个时候开，却像是在告诉人们，风物正闲美，与寒暑没有关系。就像大多数花都会选在春天开放，然后在荼蘼花时纷纷凋谢，好像很应时，又好像娇弱得难以承受一日胜似一日的暑气。可荷花却偏偏选在这之后从水中悠然地攀起来，不走寻常路，像是很有风骨，也很有脾气。荷花又被誉为花中君子，“侵晓开放时，缓步至池上，自有一种清芬之气。透人怀抱，益远益清，深得君子之风味也。于是濂溪爱之”。濂溪就是周敦颐，《爱莲说》的作者，大名鼎鼎的“爱莲人”。

释名

荷——《诗经》
菡萏——《诗经》
芙蕖——《尔雅》
芙蓉——《古今注》
泽芝——《古今注》
水芝——《本经》
水华——《本经》
芰荷——《纲目》
茄——茎名
蕸——叶名
蔤——本名
菂实——《子名》

因为生长在水中，所以荷花看起来总是与众不同。听它的名字，像天生带着点疑问而来的，这是何花？荷花。人们称赞它出淤泥而不染，濯清涟而不妖，品格清冽，且花与叶在水中同样显眼，在百花中独树一帜。我们今天已经难以知晓人们最早发现这种花时的惊喜，但它确实已让中国人惊喜了几千年。《诗经·郑风》中说："山有扶苏，隰有荷华。"在先秦时郑地一带的低湿洼地中，人们已经发现了荷花。其实不止郑地，《诗经·陈风》中也有荷迹："彼泽之陂，有蒲与荷。"既已现迹，流传便更不难，到如今，几乎是处处可见荷花了。

荷花名称多样，今天为我们所熟知的就有好些，这些名称早在《诗经》的注疏中就已被做了区分。“荷华（花）未开曰菡萏，已发曰芙蕖。”除此之外，古时江东人称荷花为“芙蓉”，北方人以莲为荷，“莲花”之称或由此来。此外，荷花还有“水芝”“水芸”“泽芝”“水旦”“水华”等名字。后来，菡萏与芙蕖的名称虽也一直留存，但“芙蓉”“莲花”则与“荷花”一起，成为这灵秀的水中之花最常用的名字。

古人命名言事皆极讲究，《尔雅·释草》中记录了荷花每一个部分的名字：“其茎茄，其叶蕸，其本蔤，其华菡萏，其实莲，其根藕，其中的，的中薏。”这样郑重其事，仿佛每一部分都值得单独处理让人好好爱惜。其中，茎下入泥的白色部分为“蔤”，花落后果实为莲，莲青皮里白子为“的”，“的”中有长三分如钩的青色小芽，这是“薏”，其味甚苦，所以才会有俗语称“苦如薏”。

虽大都也是这茎叶根实的形貌，大眼看来也都是差不多的美，但荷花却有不少品种可供观瞻。王象晋《群芳谱》中录有好些荷花异品，它们多以莲称名：

有重台莲，一花既开，从莲房内又生花，不结子。并头莲，晋泰和间生于玄圃，谓之嘉莲，今所在有之，最易生，能伤别莲，宜独种。一品莲，一本生三萼。四面莲，周围共四萼。洒金莲，瓣上有黄点。金边莲，瓣周围一线，色微黄。衣钵莲，花盘千叶，蕊分三色，产滇池。千叶莲，华山顶有池，产千叶莲花，服之羽化。今人家亦有之，然头重易萎，多难开完。黄莲，王歆之《神镜记》曰：九疑山过半路皆行竹松下，狭路有青涧，涧中有黄色莲，芳气竟谷。金莲，金池方数十里，水石泥沙皆如金色，其中有四足鱼，金莲花，洲人研之如泥，以之彩绘，光辉焕烂，无异真金。分香莲，三堂往事云：三堂使宅中有钓仙池，一种莲，一岁再结，每实子十只，花时香兼桃、菊、梅英。分枝荷，《拾遗记》云：汉昭帝穿淋池植分枝荷，一茎四叶，状如骈盖，日照则叶低荫根，若葵之卫足也，名曰低光荷。实如玄珠，可

以饰佩，花叶虽萎，芬芳之气彻十馀里，食之令人口气常香，益人肌理。夜舒荷，《拾遗记》云：灵帝西园渠中植莲，大如盖，长一丈，其叶夜舒昼卷，一茎有四莲丛生，名曰夜舒荷。亦云，月出则舒也，故曰望舒荷。红莲，《麻姑坛记》云：坛东南，池有红莲忽变碧，今又白矣。睡莲，《北户录》云：叶如荇而大，沉于水面，其花布叶数重，凡五种色。当夏昼开，夜入水底，次日复出，生南海。四季莲，儋州清水池，其中四季荷花不绝，腊月尤盛。他如佛座莲、金镶玉印莲、斗大紫莲、碧莲、锦边莲诸品，尤为绝胜。①

若不知道还好，毕竟近处的荷花就已足够悦人耳目，但被这样集中起来一下子呈现出来，人们便要目不暇接地招架这缭乱的神奇体验。重台莲与并蒂莲都是双生花，并蒂莲倒还好，而重台莲这一花谢后莲房中再生一花的长法，竟像人类代代相传，其他花难以复制。还有一本三萼的一品莲、千瓣四花的四面莲，都是看起来子孙繁盛的多花品种。其实世间红莲白莲各有特色，已经足够好看，而红白之外，还有众多异色莲花引人侧目。黄莲、金莲、碧莲、紫莲，还有瓣上有黄点的洒金莲，花瓣边缘金黄一线的金边莲……漂亮得像是自然在跟人们开玩笑，就是让你们想象不出来，天地间还能衍生出多少神奇。还有种种开在传说中的品种，比如开在华山之巅，服之令人羽化的千叶莲，汉昭帝宫中实如玄珠、芳香十里的分枝荷，灵帝西园中夜舒昼卷的夜舒荷，当夏昼开、夜入水底的睡莲，这就又将荷花与人世隔开，让你无从分辨，它究竟是开在异界，还是开在眼前。

世间花木中，很少有如荷花这样花叶根茎等都有实效的。它们可食用、可药用，我们可在古时的清供录中看到各种关于莲花的食物，比如

①明 王象晋《群芳谱》

莲子粥、藕粉、莲房脯、莲蕊须、莲房鱼包、玉井饭、石榴粉、碧筒酒等，这些食物取荷花攀长于水中的清香气息，是人们对自然的精巧利用。还有药用，荷性甘平温和，各个部位都有不错的药效。《本草纲目》等医典中记载有它各个部位的效用：

莲薏主治：血渴，产后渴，生研末米，饮服二钱，立愈；

莲蕊须主治：清心通肾，固精气，乌鬓发，悦颜色，益血止；

莲花主治：镇心益色，驻颜身轻；

莲房主治：治血胀、腹痛及产后胎衣不下，酒煮服之；水煮服之解野菌毒；

荷叶蒂主治：生发元气，裨助脾胃，涩精滑，散瘀血，消水肿；治吐血、咯血、下血、溺血、产后恶血、损伤败血。

本就美丽极了的荷花，在观赏之外还多出这许多益处来，这或许是巧合，或许是大自然的相生相克。但不管是为什么，都像是荷花的慈悲。说起慈悲，便不得不提起荷花与佛教的密切关系，从佛寺中到处可见的莲花印记，到佛学奥义精深的莲花字眼，莲花与佛教的关系都是极为密切的，就像佛寺被称为“莲刹”，佛座被称为“莲台”，佛衣被称为“莲衣”。莲花出水而不沾的形象，也刚好被用来形容佛家出淤泥而不染的境界。

艺文

制芰荷以为衣兮，集芙蓉以为裳。

——战国 屈原《离骚》

江南可采莲，莲叶何田田，鱼戏莲叶间。

——《汉乐府》

素手把芙蓉，虚步蹑太清。

——唐 李白《古风》

荷叶罗裙一色裁，芙蓉向脸两边开。

——唐 王昌龄《采莲曲》

叶上初阳干宿雨，水面清圆，一一风荷举。

——宋 周邦彦《苏幕遮·燎沉香》

吾辈纵舟，酣睡于十里荷花之中，香气拘人，清梦甚惬。

——明 张岱《西湖七月半》

那篇《爱莲说》很经典，年少时背得特别熟，以至于后来看到荷花，脑子里都会一个字一个字地蹦出那段话：

> 水陆草木之花，可爱者甚蕃。晋陶渊明独爱菊。自李唐来，世人甚爱牡丹。予独爱莲之出淤泥而不染，濯清涟而不妖，中通外直，不蔓不枝，香远益清，亭亭净植，可远观而不可亵玩焉。

在周敦颐的笔下，荷花像是怀有高洁的人格，即便长得那样美，但却始终和人隔着一重朦胧的水气。还有荷的香气，也和其他浓郁甜美的花香不同，荷花真正是清香，且愈远愈淡，愈淡愈清。常言道“君子之交淡如水”，荷花无疑“深得君子之风味”。荷花是长久以来人们喜欢的花，不论别的，就单说它盛开时那浓烈的红、清净的白和恬淡的粉，映着池中接天的碧绿，都是足以使人折服的颜色。

览百卉之英茂，无斯华之独灵。结修根于重壤，泛清流而擢茎。退润王宇，进文王庭。竦芳柯以从风，奋纤枝之璀璨。其始荣也，皦若夜光寻扶桑；其扬晖也，晃若九阳出旸谷。芙蓉蹇产，菡萏星属，丝条垂珠，丹荣吐绿，焜焜韡韡，烂若龙烛，观者终朝，情犹未足。于是狡童媛女，相与同游，擢素手于罗袖，接红葩于中流。①

南朝钟嵘在《诗品》中评论曹植，称其“骨气奇高，辞采华茂，情兼雅怨，体被文质”，若说起“辞采华茂”，这篇《芙蓉赋》也足堪为证了。于百卉间独树一帜的荷花，根结于底下，茎出于清泉，微风过处，茎叶款款，日下生光。曹植笔下的荷花沾染了属于他个人的飞扬骄傲，出于水的柔和竟被压下去，变换成耀目的光。花始开时，明亮得如同夜光向往朝阳；荷花的光彩，又像是初升的九个太阳。信笔大片大片地渲染着明亮，焜焜韡韡，烂若龙烛，引得人即便被这样的明亮炫了目，也舍不得这碧叶红花，终日徘徊其中。这赋中的爱花之心没有任何隐晦，呈现得热烈。

这是曹植眼中的荷花，而在更多人眼中，荷花的气质更多是婉约的，它是开在水中的花，故而理所应当属于山光水色的江南。荷花开在江南水间的画面感太强，《汉乐府》中的那首《江南》，至今仍脍炙人口：

①三国魏 曹植《芙蓉赋》

江南可采莲，莲叶何田田，鱼戏莲叶间。
鱼戏莲叶东，鱼戏莲叶西，鱼戏莲叶南，鱼戏莲叶北。

尽管描写的是夏天采莲时节的光景，但这首歌谣实在明快，回环往复的音调噙在口齿间，清新唯美的画面就在眼前，更容易勾起人们关于春天的快乐心情。水田中一派生机，远看碧色的荷叶一望无际，近看斑斓的鱼儿游曳水间，不时一朵或白或红的荷花点缀其中，迷了人们的视线。碧浪之间，一个个美丽的少女乘着小舟出没在莲荡之中，时而倾身采莲，时而清歌笑语。这幅画面中，藏着某种永恒的能击中人心的美，能让见过的人神思荡漾，不信你看，“岸上谁家游冶郎？三三五五映垂杨。紫骝嘶入落花去，见此踟蹰空断肠”。历代的文人们也反复描摹这采莲盛景，千百年来的读者也像是怎么看也不会腻，一边反复看一边遥遥神往。不信，下面几首诗歌都描写的是这幅画面，一样的景致，却各是各的情致，怎么看都好看的。

采莲南塘秋，莲花过人头。
低头弄莲子，莲子清如水。
置莲怀袖中，莲心彻底红。
忆郎郎不至，仰首望飞鸿。①

耶溪采莲女，见客棹舟回。
笑入荷花去，佯羞不出来。②

荷叶罗裙一色裁，芙蓉向脸两边开。

①南朝 乐府《西洲曲》
②唐 李白《越女词》

乱入池中看不见，闻歌始觉有人来。①

最后王昌龄的那首《采莲曲》描绘的画面很经典，莲花的自然纯净之美与少女的清新羞怯之美浑然到一起，合成出一种鹅黄色的漂亮。这画面热闹,荷花荷叶参与了这样的热闹,却又能让画面外的人们安静下来，只觉得身心愉悦。或许不论环境如何，一旦有了看花的心意，周遭的一切立刻就静下来了。有时，静外还有更静，在无人问津之处，开落时光的永恒。唐代王维曾隐居蓝田辋川，山谷中的莲花便安静地开落着：

寂寞掩柴扉，苍茫对落晖。
鹤巢松树遍，人访荜门稀。
绿竹含新粉，红莲落故衣。
渡头烟火起，处处采菱归。②

这是一幅幽寂旷远的山居生活即景，夕阳西下，落晖满天，禽鸟归巢，人掩柴扉，寂寞是真的寂寞，但被王维的诗心画笔描摹出来，美也是真的美，即便再寂寞也能令人生出向往来。这片天地都是他的，而眼前莲花正开在他的天地中。碧绿的竹节上早已添上一层新粉，将谢的莲花又落下一片红衣，此时渡头突然亮起星星点点的灯火，原来是采菱人荡舟归来。王维是喜爱莲花的，他还有《题莲花坞》诗：“日日采莲去，洲长多暮归。弄篙莫溅水，畏湿红莲衣。”生怕河水溅湿莲衣，光影明快的对比之色，跃然纸上的欣然之情，是诗人隐居生活中的亮色，是悠然闲适的那部分，但是孤独寂寞同样是无法消解的，就像红莲虽开得美，但到了时候就要落下故衣，你无法改变。

红色荷花是好看，尤其映着碧绿的荷叶，层层叠叠的碧色中偶尔透

①唐 王昌龄《采莲曲》
②唐 王维《山居即事》

出几星出众的红，就更引人注目了。这不能不叫人想起杭州西湖边的曲院风荷，那是西湖的名景，近处摇曳的荷花荷叶，远处绵延的青山碧水，要风致有风致，要旷远又有旷远。对着这样好的夏日风光，很少有人能不心动。

毕竟西湖六月中，风光不与四时同。
接天莲叶无穷碧，映日荷花别样红。①

这首诗将西湖夏日的风景推向了极致。六月中的西湖，风光是与其他时节迥然不同的。诗人如随口一提般信口而来，更是为这“不同”之美增加了可信度。然后，一幅明丽鲜妍、同时也极富气势的风景画随之而来。田田的荷叶凝着无穷碧色，一直延伸到尽头，几乎与天相接，这就为当中的朵朵荷花铺出了天然的背景，使得荷花在日光的照耀下，红得娇艳而明丽。作者用笔雄奇大胆，将原本秀丽的绿叶红荷写得气势浩大，并给足了理由让你觉得，西湖六月的风光，真的是其他时节不能比拟的。而这不可比拟，是荷花带来的。

世间花叶不相伦，花入金盆叶作尘。
惟有绿荷红菡萏，卷舒开合任天真。
此花此叶常相映，翠减红衰愁杀人。②

荷花荷叶相得益彰，彼此成全，共同受到人们的喜爱，这和世间其他众多花木的境况都不相同。凡世间草木，花与叶的关系和地位往往是不能对等的，花被奉入金盆玉盏中，叶却只能任其自生自灭委入尘埃。但荷花荷叶却不一样，荷花之开合，荷叶之舒卷，都是自由自在，一派

①宋 杨万里《晓出净慈寺送林子方》
②唐 李商隐《赠荷花》

天真，与别处不同。幸好不同，才让人们能够有幸目睹这全然自由自在的存在。写作这首诗时，正值李商隐新婚之时，他的夫人是个能诗的才女，于是李商隐便写这首诗送给她。用荷花荷叶的相配，来形容这桩姻缘的相宜，既新巧又别致，同时兼富情深。末一句表面上是在哀叹翠减红衰，实际上却是在表明时不我待，他是在向心爱的姑娘表明心迹，希望两人情意常驻，永不变心。

荷花最常见的有红白两种。在一片浓碧的荷叶之海中，红荷自然显眼，但白荷的明光自潋滟而出，更是清丽出尘，有高洁的姿态。唐代白居易有《东林寺白莲》诗：

东林北塘水，湛湛见底清。中生白芙蓉，菡萏三百茎。
白日发光彩，清飙散芳馨。泄香银囊破，泻露玉盘倾。
我惭尘垢眼，见此琼瑶英。乃知红莲花，虚得清净名。
夏萼敷未歇，秋房结才成。夜深众僧寝，独起绕池行。
欲收一颗子，寄向长安城。但恐出山去，人间种不生。①

这是一池茂盛的白莲，盛开在一座山间佛寺的清池间。这些白荷在日光下流光溢彩，在夏日的薰风里散发香气。荷花花瓣微张如同剖开香囊，荷叶上的露珠滴落如恰似玉盘微倾。诗人被眼前的洁净之美震撼，甚至觉得自己的双目之前竟像是蒙了尘垢一般。相比之下，就连红莲花也仿佛没有之前清净了。诗人向往这池白莲，夜深睡不着觉，绕着这荷塘流连不已。同样的心情，千年前是白居易，千年后是朱自清。白居易喜欢这池白莲，本想收一颗莲子寄往长安，但因为在心里太过珍重了，他又害怕出山后，人世间根本养不活它。

所谓各花入各眼就是这样，有人觉得“映日荷花别样红”，就有人“欲收白莲一颗子，却恐人间种不生”，但爱花之心却都是相似的。

①唐 白居易《东林寺白莲》

红白莲花开共塘，两般颜色一般香。
恰如汉殿三千女，半是浓妆半淡妆。①

红白双莲共同开于塘中，想来应是纷纷扰扰的，但有碧绿的荷叶中和着，一点也不会乱。就像同为美丽的女子，也要分出淡妆浓抹，美出不同的格调来，世间方才不至于寂寞。

荷花生于池中，但并不是所有的池塘都适合养荷花的。《看山阁闲笔》中载："荷池必须宽长，更作盘曲之势，以备携舟相赏。"要幽深曲折，好援舟探入。可惜现在城市中已不多见划船深入荷塘的玩法了。常见的都是在荷池上修个石桥木栈供游人观赏，时常也会看到围个栏，以免游人玩得兴起随手攀折。说起来很煞风景，但当今可看的实际也的确是这样，最美的荷花往往只能在池心遥遥观望，岸边的荷花早已不知所踪只剩残枝。

常记溪亭日暮，沉醉不知归路。兴尽晚回舟，误入藕花深处。
争渡，争渡，惊起一滩鸥鹭。②

曾想，李清照溪亭大醉"误入藕花深处"时，会看到什么，听到什么，感受到什么呢？ 我们今天已经很难有这样的经历了，但徜徉于荷塘间、酣睡于十里荷花之中的美，却始终让人愿意想象，倾心向往，期待着有朝一日，能有福气去感受。

燎沈香，消溽暑。鸟雀呼晴，侵晓窥檐语。叶上初阳干宿雨。
水面清圆，一一风荷举。　　故乡遥，何日去？家住吴门，

①宋 杨万里《红白莲》
②宋 李清照《如梦令》

久作长安旅。五月渔郎相忆否？小楫轻舟，梦入芙蓉浦。①

这是宋代周邦彦的一首写荷花的小词，很清新别致，是为历代写荷名篇。尽管是在炎夏，但这首词却描摹出一个夏雨过后、幽凉宁静的境界。夜雨过后，主人公于房中一边焚香消暑，一边静听檐下鸟雀。房中有扇景致极好的窗子，透过窗子看出去，有一池荷花。刚下过雨，露珠在出水的荷叶上滴溜溜地颤动着。“水面清圆，一一风荷举”，这句画面感极强，王国维《人间词话》中评价这首词“真能得荷之神理者”，历来为人传颂。眼前的荷花离得很近，但看久了，却让他不由想念遥远的童年和故乡。眼前的荷花和故乡的荷花一样美，并没有什么不同，但此时的自己和记忆中的自己，却一点也不一样了。旅居已久，归期未明，只能在梦中随着轻舟小楫，回到故乡开满荷花的河塘边。

荷塘因荷花荷叶的茂盛而热闹了一季，但就是这一季的热闹，也能抵得过其他三季的清寂了。南宋姜夔也曾乘着小舟深入荷花深处。当时他客居在武陵，此处有古城野水，野水间荷花茂盛，姜夔曾与朋友一起，终日荡舟其间，穿过蔽日的荷叶，闻着荷花的清香，饮酒闲游。此境当是极美，姜夔称之“意象幽闲，不类人境”，隔上再久回想起来，也觉光景奇绝。于是他为之写词：

闹红一舸，记年时，尝与鸳鸯为侣。三十六陂人未到，水佩风裳无数。翠叶吹凉，玉容销酒，更洒菰蒲雨。嫣然摇动，冷香飞上诗句。　　日暮。青盖亭亭，情人不见，争忍凌波去？只恐舞衣寒易落，愁入西风南浦。高柳垂阴，老鱼吹浪，

---

①宋 周邦彦《苏幕遮．燎沈香》

留我花间住。田田多少，几回沙际归路。①

词中有极清丽的风景，也有极缠绵的深情。小舟荡漾在莲花香气中，一旁还有鸳鸯相伴形如伴侣。出水的荷花荷叶，如同无数穿着水佩风裳的美人。凉风刷过荷叶，艳色犹残酒意，水草丛中透下一阵密雨。当中的荷花轻盈地摇了一些，冷香顷刻飞上词人赞美荷花的诗句。这样的美景实在好，但时间一直在流逝，能像这样漫赏荷花的日子，又少了一天。这种消逝让人害怕，害怕秋风一到，莲衣凋落，南浦一片荒芜。所以不愿走，人在面对特别向往的氛围时难免如此，总是尽可能地希望时间能停留得再久些。于是，再看周围的风物，都像是在挽留。仍是姜夔一贯的清空笔调，此处的荷花有些朦胧，像是隔着些水气。这是在写荷花，也像是在写一位隐在荷花后的风雅美人。我们能从中清清楚楚地读出词人对荷花的爱慕，也能从中隐隐约约地体察到他对理想的生活之美的追求。

清人李渔很喜欢荷花，他爱赏，也会赏，初生的小荷叶在他眼里也有无穷韵致。他在《闲情偶寄》中说："自荷钱出水之日，便为点缀绿波，及其劲叶既生，则又日高一日，日上日妍，有风既作飘摇之态，无风亦呈袅娜之姿，是我于花之未开，先享无穷逸致矣。""荷钱"是指初生的小荷叶，在荷花开放之前，便是它们先打了头阵给池塘增致，这当然比别的花草只能在花开几日招摇片刻显得有优势。而荷花盛开之时就更不必说了，但可能也是太爱了，于是要求也格外高些。李渔姿态极高地称，花盛开之时的"尽态极妍"是花的"分内之事"，这满池荷花的"娇艳欲滴""后先相继"，也是养花人的"应得之资"。而荷花最珍贵的地方是在凋谢之后，其实由夏而秋，花叶相生，它作为花的使命该是完成了，可是荷花并不满足于此，花落之后，"蒂下生蓬，蓬中结实，亭亭独立，犹似未开之花，与翠叶并擎"，不到霜秋不止。

---

①宋 姜夔《念奴娇·闹红一舸》

《红楼梦》中众人游园时，黛玉曾对宝玉提起，她不喜欢李商隐的诗，却独喜欢一句："留得枯荷听雨声。"这是在"荷尽已无擎雨盖"之后，对荷花仅剩的一点影子的怜惜。李商隐的原诗是这样写的：

竹坞无尘水槛清，相思迢递隔重城。
秋阴不散霜飞晚，留得枯荷听雨声。①

雨打枯荷，这是只有思念的时候，才会听到的声音。因为心思都专注于别处，眼前天气的变化便留意不到了。等发现的时候，天已经开始下雨。雨水点点滴滴敲打在枯荷之上，给了此时听雨的寂寞人一种别样的滋味。原本残荷给人的毕竟多是萧条衰败的负面感，此处的"留"，应该来自无心。而这种无心放在别处，却能引起像林黛玉这样的对万物有情之人的共鸣。所以，原本将被拔去的残荷，便被宝玉留下了。其实，不一定要留枯荷听雨的，只是总有人不舍。

①唐 李商隐《宿骆氏亭寄怀崔雍崔衮》

纪事

汉昭帝琳池中植分枝荷，宫人贵之，每游燕出入，必皆含嚼，或剪以为衣，或折以障日，以为戏弄。

——《三辅黄图》

周穆王三十六年，王东巡大骑之谷，指春宵宫，集诸方士仙术之要，有冰荷者，出冰壑之中，取此花以覆灯，不欲使光明远也。

——《拾遗记》

准财里内有开善寺，入其后园，见朱荷出池，绿萍浮水，飞梁跨树，层阁出云，咸皆啧啧。

——《洛阳伽蓝记》

莲花庄，在月河之西，四面咸水，荷花盛开时，锦云百顷，亦城中之所无也。

——《吴兴园林记》

春天有百花生日花朝节，而荷花在百花之外，还有自己单独的生日。明人袁宏道有诗言及“苏人三件大奇事”中的第一件，就是“六月荷花二十四”。旧俗里将这一天定为荷花生日，这一日苏州人会集体前往城外的荷花荡游玩。其时莲花之美，游人之盛，光景之灿，不可名状。苏州人冶游之盛，在这一日达到极致。

水中荷花为夏日盛赏，暑热天气里，看着就能使人消温生凉。民间塘中河畔多植不说，宫廷池苑中也常能见到。宫廷夏日玩荷的风俗由来已久，汉代时便已流行。

汉昭帝琳池中植分枝荷，宫人贵之，每游燕出入，必皆含嚼，或剪以为衣，或折以障目，以为戏弄。①

或含或嚼，或剪以为衣，或折以障目，诗文里的"水佩风裳"之喻，至此可谓实至名归。汉昭帝宫苑中奇异的荷花不止分枝荷一种，还有一种花大如斗的紫色荷花，芬芳袭人，果实如珠，很奇异。唐代大明宫太液池中也多有荷花盛开，帝王与后妃常于夏日相携来此玩赏。相传玄宗时池中植有千叶白莲，玄宗曾与杨贵妃一道来此赏玩。对着杨贵妃这样的国色，白色莲花自然被比得清淡起来，玄宗日日看着牡丹般艳丽的贵妃，这样的清淡自然就入不得眼了。于是他便指着贵妃对左右说："这白莲怎么能比得上我的解语花呢？"

白莲虽不入玄宗的眼，但在别处，却依然是值得另眼相看的世间珍奇。《平泉草木记》中说："水物之美者，荷有蘋洲之重台莲，芙蓉湖之白莲。"洁白清净的白莲，并不逊于任何一种色泽艳丽的荷花。

金陵城西有白芙蓉，素萼盈尺，皎如霜雪，江南梅雨麦秋后，风景甚清，漾舟绿潭，不觉隆暑，与嘉客泛玩，终夕忘疲。②

这是金陵城中的白莲，盛开在夏日的绿潭之中。洁白如霜雪的荷花，在隆暑之中，几能令人忘却炎热和疲惫。古时受地域所限，并不是所有地方的人们都能有这样的福气的。相传洛阳本来没有白莲，直到白居易从吴中带来种子，自此才有了。当年白居易在东林寺见到白莲，就曾有过"欲收一颗子，寄向长安城"的心情，他的确是有此心也会为此事的人。他还专门写有《种白莲》诗："吴中白藕洛中栽，莫恋江南花懒开。

---

①《三辅黄图》

②唐 李德裕《金陵芙蓉池记》

万里携归尔知否，红蕉朱槿不将来。”记录他不远千里携白莲种至洛阳城的事。

有荷花的夏天真好啊，一幕幕寻常的相聚或独处，都因它而变得清馨起来。花事原本就不同于杂事，而荷花离陆地而居水中，人们想要就近赏玩，必也要深入水中，由此，便恍然与纷杂的世事隔出了距离。

月色苍凉，东方将白，客方散去。吾辈纵舟，酣睡于十里荷花之中，香气拘人，清梦甚惬。①

玚出镇郢州，乃合十馀船为大舫，于中立亭池，植荷芰，每良辰美景，宾僚并集，泛长江而置酒，亦一时之胜赏焉。②

莲花庄，在月河之西，四面咸水，荷花盛开时，锦云百顷，亦城中之所无也。③

绣江发源长白山下，周围三四十里。府参佐辈觞予绣江亭，漾舟荷花中十馀里，剧谈豪饮，抵暮乃罢。④

这是一些古人玩赏荷花的片段，可以由这样浓缩起来的画面，推演出千百年来荷花给国人带来的风情趣味。他们曾经于月色下荡舟于荷花间，在清甜的荷香中酣睡；他们曾集小船为大舫，又于舫间建立亭池，四周种满荷花，每当佳节良辰，主宾便聚集在此，置酒欢饮，胜赏一时……还有一个个荷花拱成的清绝之境，散在天下间，比如月河之西的莲花庄，长白山下的绣江亭。就像曾在哪里见过，所以读来才这样熟悉。

除了作风月清赏，莲花还因与佛家的密切联系而受到敬重，于是种种神异的传言就出来了。相传唐贞观年间，渝州相恩寺侧的泉水中，忽

①明 张岱《陶庵梦忆》

②唐 姚思廉《陈书·孙玚传》

③宋 周密《吴兴园林记》

④金 元好问《济南行记》

然生出面广达三尺的红色莲花，艳色逼人，经月不凋；宋朝时，万州、虔州放生池中，竟生有同蒂异萼的莲花；还有河南宝林禅院的云溪与锦溪中，生有双色荷花，色香奇异……种种奇异，时人以为佛灵显现，口口相传。还有著名的南朝齐晋安王萧子懋救母的故事。萧子懋七岁时，他的母亲阮淑媛病重垂危，于是宫中便请僧侣为之祈福七日。其中有人献莲花供佛，僧人们便用水浸泡莲茎，希望莲花不萎。萧子懋在佛前流涕祈求："如果我的母亲这次病愈，希望佛祖保佑，令莲花常开不萎。"七天过去，莲花一日比一日鲜艳，茎上甚至还生出了细小的根须，而阮淑媛的病也一天天好起来，时人都说是萧子懋的孝敬感动了上天，于是才有了奇迹。

类似的传说古时候有很多，也正是有这样的联系，古代凡有寺庙处，便常见莲花：

梁大同中，有青莲花育于此山，因以古华山精舍为慧山寺。①

雍熙中，张君房寓泊庐山开先寺，望黄石崖瀑布水中，一大红叶泛而下，令僧行急取之，乃红莲，一叶长三尺，阔一尺三寸，尝观庐山记，说沛水出双剑峰，顶有池，阔数百尺，其深莫测，又有清源池，生莲花大如车轮，今可信矣。②

谢灵运一见远公，肃然心服，乃即寺筑台，翻涅槃经，凿池植白莲。③

准财里内有开善寺，入其后园，见朱荷出池，绿萍浮水，飞梁跨树，层阁出云，咸皆啧啧。④

①唐 陆羽《游慧山寺记》
②宋 张君房《缙绅脞说》
③宋 无名氏《莲社高贤传》
④北朝 杨衒之《洛阳伽蓝记》

“涉江采芙蓉，将以遗所思”，在遥远的时代，荷花曾被人作为信物，以寄相思。世间的各色莲花，天下的各间禅寺，印象里二者总是相关。这些年偶经一些佛寺，若赶上盛夏时节，却没有在寺中看见莲花，就总觉得缺了些什么，而若是不经意间遇上了，便一下子心悦神怡，好像本来就该是这样。

菊花篇

采菊东篱

相信许多人都期许过那陶渊明式的旷远，采菊东篱下，不经意一个抬眼，悠然见南山。如果没有菊花，人世间的秋天怕是会很寂寞。菊花就像是天地造物时留下的一个遗宝，令万物分明已见萧条的秋季，重现姹紫嫣红的气象。给世间带来这样的意外的菊花，当然是可爱的。因为独得一季秀色，占了其他花没有的先机，加之周遭环境的无心陪衬，又给了它傲霜之节，所以菊花在人们心目中，素有别具一格的高洁地位。也正是因为不与群芳争艳，菊也被视作花中的隐逸者。随便几丛开在秋日野地苍茫的秋草间，看起来那么淡，却又那么显眼。

释名

鞠——《礼记》
菊——《尔雅》
治蘠——《尔雅》
节华——《本经》
女节 女华 女茎 日精 更生
傅延年 阴成 周盈
苦薏——《别录》
金蕊——《纲目》
回峰菊——颍川名
荼苦蒿——汝南名
羊欢草——上党名
地薇蒿——河内名

《离骚》中有个句子很有名："朝饮木兰之坠露兮，夕餐秋菊之落英"，文字和里头蕴着的情致都很漂亮。与春兰的花露相对应的，是秋菊的落英，也就是菊花落下的花瓣。先民对菊花很爱惜，无论是泡茶来喝也好，或是仔细做成糕点也好，总之不能糟蹋了它。秋高气爽的日子里有它，总是难得。《礼记·月令》中言道：

季秋之月，菊有黄华。

黄华就是黄色的菊花，当然，就今天我们所见，菊花不只有黄色，而是什么颜色都有，比起百花缤纷也不逊色的。但古人言菊，多专言黄色，却有一个缘故。古人认为，五行之中，秋令在金，金自有五色，其中以黄色为贵，所以菊色以黄为正。此外还有“菊有明”一说，认为秋天是草木由成熟向衰老转变之时，并不是欣欣向荣的时候，而菊花则是由土气成熟后所催开的。由是黄菊地位特殊，还被用来标志节候异常。

寒露后十日，菊有黄华。菊无黄华，土不稼穑。①

稼穑泛指农业劳动，与天时密切相关，古时人们当然无法预知气象，但凭着观察，却也能在天地间种种细微的变化中找出某种规律来，这是实实在在从土地中获得的经验。比如寒露节后菊有黄花，否则必是气象有异，需要警惕。

因生于秋季霜期，别于百花之外，所以菊花在众芳之中，也显得不同。《埤雅》中说：“菊从鞠，穷也，花事至此而穷尽也。”冥冥中倒像是有种别样的固执，菊花偏就开在时序交替的边界，一点不愿从众，坚决要特立独行。

是菊虽以花为名，固与浮冶易坏之物不可同年而语也。且菊有异于物者，凡花皆以春盛，而实皆以秋成，其根柢枝叶无物不然，而菊独以秋花悦茂于风霜摇落之时，此其得时者异也。②

所谓“菊残犹有傲霜枝”，菊花虽为花卉，却天然就带有一派不屈的气概，一点也不柔弱，更不至轻易凋谢败坏。古人常将之比作幽人逸客、淡泊君子，是因为它选在岁华将晚、草木变衰之际花开，虽处荒寒之境，却始终傲睨风露，不改隐居之乐，这一派恬淡高傲的姿态，像是这寒霜

①《逸周书·时训解》

②宋 刘蒙《菊谱》

季节反而成全了它。

如今秋时，有条件的城市也会办菊花会，供闲暇的人们赏菊。菊花会上，白菊黄菊这样惯常的清新品种自不必说，妩媚俏丽的品种也是极多的，世上竟有这么多种菊花，还被人如此细致地分门别类，处置得井井有条。这当然不是一朝一夕能积累出的，李时珍就曾说：

> 菊之品凡百种。宿根自生，茎叶花色，品品不同，宋人刘蒙泉、范至能、史正志皆有菊谱，亦不能尽收也。其茎有株蔓资赤青绿之殊，其叶有大小厚薄尖秃之异，其花有千叶单叶有心无心有子黄白红紫间色深浅大小之别，其味有甘苦辛之辨，又有夏菊秋菊冬菊之分。①

在这殊、异、别、辨、分之间，是菊花繁多的品类。诚如李时珍所说，菊花是名花，历代的确不缺人为它作谱，就是在如《群芳谱》这样的类书中，它自然也算得当中的大户。古人有无限的耐心待它，如今古籍中留下的上百种精致的菊花品名，足可印证人们对菊花的青睐。刘蒙《菊谱》中，就收录有黄色菊花、白色菊花同杂色菊花若干：

> 黄花：胜金黄　叠金黄　棣棠菊　叠罗黄　麝香黄　千叶黄　太真黄　单花小金钱　垂丝菊　鸳鸯菊　金铃菊　毬子菊　小金铃　藤菊花　十样菊　甘菊　野菊
>
> 白花：五月菊　金杯玉盏　喜容　御衣黄　万铃菊　莲花菊　芙蓉菊　木香菊　荼蘼菊　艾叶菊　白麝香　银杏菊　波斯菊
>
> 杂色：佛顶菊　桃花菊　胭脂菊　紫菊

菊花以黄为正色，因此黄色菊花受到的关注最多，品种也相对最多。

---

①明　李时珍　《本草纲目》

但即便同为黄菊，每品也有着截然不同的层次。“胜金黄”是正色菊花中的代表，花名中有一个“胜”字，说明在当时人们的眼中，此花有足够的过人之处。此花青黄心、明黄瓣，花头硕大，花瓣有五六层，瓣上有细脉，一枝上开三四花。胜金黄鲜明俏丽，赏玩起来悦人心目，很受人喜爱，但不足之处在于条梗纤弱，难得团簇，如果需作繁盛观，就要人留意扶植。“叠金黄”，顾名思义，便知其花叶浓密。此花又叫“明州黄”，或者“小金黄”，花心很小，被浓瓣簇拥着一层层漾开，有如美人笑靥，视之有富贵气。

黄菊之外，清纯恬淡的白菊也很可爱，且比之有色菊花，更有林间篱下的隐逸之气。“金杯玉盏”是白菊名品，此花名称别致，形貌也很显眼。花型较大， 只花头便有三寸，花心呈黄色，四周数层浅白花瓣，看起来真像一只只镶嵌着白玉的金杯，隔圃远观亦称繁丽。还有千叶花“喜容”，初开时为微黄色，花心处色愈深，外晕则相对较淡。花开日久便色彩变白，且极能生长，可以引长至七八尺甚至一丈之高，丰艳喜人，因而被引为白菊名品。

用传统的审美眼光来看，彩色的菊花远没有黄菊白菊那般纯粹。但彩色的菊花比黄菊要艳丽，比如“桃花菊”，花心被粉红色的四五重花瓣包裹着，浓淡在桃杏红梅之间。只可惜在人们的心目中，艳丽更多还是属于桃李的特质，说起菊花，还是清新淡雅些的更得人心。毕竟花的美丽一入人世，就不只是用眼睛来欣赏这么简单了，还关乎人心里固有的观念，以及人世的约定俗成。

赏菊惬意，但却是需要付出一番辛劳的。历代古籍中多记有前人养菊之要，粗看之下也觉辛劳，更何况亲力亲为。可见，即便陶渊明的淡泊广为人所爱，但五柳先生也并不是所有人都做得来。《老学庵笔记》中记载了前人《种菊九要》，是这样说的：

菊花色虽多种，黄者为正，《月令》他卉皆曰始华，于菊独曰菊有黄华，正其验矣。种法有九要：一曰养胎，二曰传种，三曰扶植，四曰修葺，五曰培护，六曰幻弄，七曰土宜，八曰浇灌，九曰除害。能如此法，便堪为松菊主人，不减渊明矣。①

说出来是这“九要”十八字，但真侍弄起来，又何止是一朝一夕之功。况且养花是精细活，要做的远不止这些，还有如储种、分秧、登盆、惜花、护叶、压插、栽接、蓄水、捕虫等种种细节。此外还有诸般禁忌，如须“忌燥寒燥热天色”“忌大风大雨烈日”“忌四围高墙”“忌地势污下”“忌高无傍枝”“忌圈缚盘结”等，这样的形容，这样的工夫，真可称作“种花如种玉”了。

因为有漫长的时间来收集积淀，到了明清时，菊花的品种便被收录得越来越齐全。不唯几部《菊谱》，明代《群芳谱·菊部》中也详细收录有上百品菊花。这样多的名字，不是一生专爱菊花再不事其他的人，恐怕无法一一道来色色分明。在此虽不便详述，但还是试列当中异品，以示前人风致。

侧金盏　报君知　鸳鸯锦　夏金铃　九炼金　粉团　龙脑　一捧雪　月下白　碧蕊玲珑　玉楼春　碧江霞　劈破玉　锦心绣口　醉杨妃

这么多别致的菊花，各有千秋，自然都不乏人爱。但还有一种，虽不能列属名贵，是再普通不过的品种，但同样也没有被忽视，那便是野菊。野菊花太常见了，古往今来的山野篱落间，几乎时时地地都能见到它自在漫生的痕迹。最常见的是黄碧单叶两种，和上述那些名品相比，野菊花俨然“身无长物”。但不像谱中菊花多因香色姿态为人所爱，以至于常不得不身受移徙之苦，野菊花生于山林野地之中，不至被人忽略，但也不为人注目，反倒保全了自在天真。

---

①宋 陆游《老学庵笔记》

艺文

采菊东篱下，悠然见南山。山气日夕佳，飞鸟相与还。

——晋 陶渊明《饮酒》

唯有数丛菊，新开篱落间。携觞聊就酌，为尔一留连。

——唐 白居易《东园玩菊》

暗暗淡淡紫，融融冶冶黄，陶令篱边色，罗含宅里香。

——唐 李商隐《菊》

落花无言，人淡如菊。

——唐 司空图《二十四诗品》

荷尽已无擎雨盖，菊残犹有傲霜枝。

——宋 苏轼《赠刘景文》

当年陶渊明辞官归乡之后，甫一到家，发现尽管“三径就荒”，却仍“松菊犹存”，于是他长舒了一口气，松菊犹存，真好啊。有它们在，这辞官后的隐逸生活，就不会如想象中寂寞了。陶渊明爱菊世人皆知，以至于后世几乎有人认为，“菊之爱，陶后鲜有闻”。这话当然夸张了，菊花姿容清丽，沾染秋霜后风姿高洁，兼之独领秋日风骚，历代爱菊者比比皆是。但陶渊明毕竟是爱菊人的典型，他在组诗《饮酒》中，为后世留下了经典的菊花形象。尤其那首《结庐在人境》，更是耳熟能详：

结庐在人境，而无车马喧。
问君何能尔，心远地自偏。
采菊东篱下，悠然见南山。
山气日夕佳，飞鸟相与还。
此中有真意，欲辨已忘言。①

这首诗中，陶渊明就是恬静地在做叙述，讲他隐居的情境和心态。既已选择隐居，心境不简单也要简单，于是心远地自偏就变得正常起来。读诗到此，读者的心也随之安静了，然后下面的画面随即铺开：菊花、东篱、远山、夕岚、飞鸟……看起来都是寻常的景物，四处都找得到的，但却又那样奢侈，即便尽在眼前，也是大多数人许久不曾得到的。菊花就在这似远若近里盛开着，一枝一枝地被人采来掬在手中，和人一起望着秋山、秋霞、秋鸟。而平日不那么容易的生活在此也变得辽阔起来。

菊花在陶渊明的隐居生活中始终是抹很重的颜色，他凭此花抒情，借此花忘忧，对它付以深情厚意。《饮酒》中的另一首诗记录下了他的这种情绪：

秋菊有佳色，裛露掇其英。
汎此忘忧物，远我遗世情。
一觞虽独进，杯尽壶自倾。
日入群动息，归鸟趋林鸣。
啸傲东轩下，聊复得此生。②

秋菊花开，受秋露润泽后的容色愈发鲜妍，引人不住采撷。菊花无心，

①晋 陶渊明《饮酒》其五
②晋 陶渊明《饮酒》其七

但酒后观赏，却也有使人忘忧之效，引出遗世独立之情。时值夕阳西下，天地间万物渐渐止息，群鸟鸣叫着返回山林。就此闲卧于东窗之下，会有一种错觉，觉得这一生都可以这般自由自在地消磨过去。因出于同一组诗，故而这诗中的恬淡意味同上一首颇为相似，唐代司空图在《二十四诗品》“典雅”一则中提到的“落花无言，人淡如菊”，形容的就是陶渊明的这种恬淡。

菊花的这种淡，你几乎无法细细形容出它的样貌，但它的气质又独特得那样明显，很容易就招惹来怜惜。

可叹东篱菊，茎疏叶且微。
虽言异兰蕙，亦自有芳菲。
未泛盈樽酒，徒沾清露辉。
当荣君不采，飘落欲何依。①

陶渊明的一句“采菊东篱下”，令世间菊花从此皆与东篱相关。就连不羁如李白，写起菊花来也毫不费事地拾起就用。李白看菊花，借有形的对菊花的怜惜来表达无形的对自己的怜惜。眼前的菊花虽“自有芳菲”不输兰与蕙，却无人赏识，只得“徒沾清露”，风华正茂也无人采撷，只能飘零委入微尘。以李白在文学史上的璀璨地位，若拿花比他，都觉得要更耀眼些的才合适，而他在此用恬淡的菊花自比，倒也别致。

诗仙有菊花诗传世，诗圣也没有落下。甘菊是菊花中比较普通的品种，茎直立，黄蕊，黄瓣或白瓣，论形貌，不算显眼的品种，但胜在清新可爱，又兼摘下晒干后可以泡茶，古人说它“基短花大，味甘美，异于他菊”，因此也是人们十分喜爱的菊花。杜甫曾有诗写庭前甘菊：

①唐 李白《感遇四首》其二

庭前甘菊移时晚，青蕊重阳不堪摘。
明日萧条尽醉醒，残花烂漫开何益。
篱边野外多众芳，采撷细琐升中堂。
念兹空长大枝叶，结根失所缠风霜。①

也是叹不遇之悲，但杜甫写得婉转许多。诗人感伤这株甘菊因“移时晚”，没能赶在原本的花期重阳佳节开放，显得有些“开不逢时”，无法像其他菊花一样博得广泛的关注。倒不如那篱外的野花，原无风标傲致，却仍因开得恰当其时而被作为堂中清供受人赏识。这个时候，杜甫正漂泊长安，处在功名无着、无人问津的状况中，他看见甘菊，便联想到自己。他出身名门，自幼受到儒家经世致用思想的影响，始终怀着建功立业的渴望，却到壮年仍壮志难酬。这种痛苦始终隐藏在平淡流逝的生活中，遇到契机便会被触发而起。他埋怨眼前的甘菊，到时秋景萧瑟，人们也都从重阳赏花的陶醉中清醒，那个时候，开出再烂漫的花又有什么意义呢？就如同他自己，年轻力壮的岁月眼看要过去，即便还有不长的将来能够用以承载茫然的希望，但之前的遗憾却再也无法改变了。在这里，菊花的气韵同诗人的心性合而为一，虽有君子晚犹不遇之伤，却也并没有一味消沉下去，还是带着希望。

同样是菊花，情绪也是相似的，但由不同人写出，却各是各的模样。唐代李商隐有一首写菊花的诗，一开篇就铺出明丽的颜色，让人眼前一亮：

暗暗淡淡紫，融融冶冶黄。陶令篱边色，罗含宅里香。
几时禁重露，实是怯残阳。愿泛金鹦鹉，升君白玉堂。②

这首诗中的求仕之意十分明显，诗人显然也没有要掩盖的打算。“暗

①唐 杜甫《叹庭前甘菊花》
②唐 李商隐《菊花》

暗淡淡”“融融冶冶”，这八个字写很漂亮，把紫菊的淡雅庄重与黄菊的光润艳丽形容得严丝合缝，它们虽有着陶渊明篱边的颜色和罗含宅里的幽芳，在这里表达的却是属于李商隐的情绪。它好像不再如以往一般对什么都看得开了，它开始有了忧惧，它害怕更深露重，害怕残阳如血。于是，它就像一个没什么安全感，也始终没有放下心中牵念的人一样，对热闹的所在尚存渴求。在最后两句中，作者把自己的人格寄寓在菊花当中，希望它也能够被浸在金杯玉盏中，呈于白玉高堂之上。全诗是在写菊，也是在写诗人自己。但李商隐并非是在贪恋富贵，他怕的是年岁将晚却仍一事无成，怕空有满腹才情却最终年华虚度。

但也有始终能淡静自持的，哪怕无人问津直至花落时。就像苏轼著名的那一句诗：“菊残犹有傲霜枝”，外在的形态改变不了太多，即便落了，也有凋落的美。宋代梅尧臣有《残菊》诗：

零落黄金蕊，虽枯不改香。深丛隐孤秀，犹得奉清觞。①

这是将要到尽落时节的菊花，已经没有璀璨之姿了，零落之状外是秋霜的摧残。但香气还在，或许来自枝头仅剩的余花，或许来自花下堆砌的花瓣，它们在，这属于秋天的骄傲就在。

菊花开在一年中的第三季，岁时之秋，总与人间的岁月之秋相连。人常道伤春悲秋，伤的是春去，悲的是秋来，这已是不那么热闹的时节。于是，秋日赏菊花和春日赏桃李，便是截然不同的两种心情。唐代白居易有《东园玩菊》诗，在一座植有菊花的荒园中，将秋日里的这种心情还原得很细腻。“少年昨已去，芳岁今又阑。如何寂寞意，复此荒凉园。园中独立久，日淡风露寒。秋蔬尽芜没，好树亦凋残。”年岁已晚，时节寂寞，草木凋敝，风露微寒，一切都是灰蒙蒙的，人被这样低沉的氛围压着，丝毫扬不起兴致来。但意外的转折却在此时出现了：

---

①宋 梅尧臣《残菊》

唯有数丛菊，新开篱落间。携觞聊就酌，为尔一留连。
忆我少小日，易为兴所牵。见酒无时节，未饮已欣然。
近从年长来，渐觉取乐难。常恐更衰老，强饮亦无欢。
顾谓尔菊花，后时何独鲜。诚知不为我，借尔暂开颜。①

篱落间盛开的几丛菊花，在一片萧疏中特别显眼。园中漫步的诗人在它面前停下脚步，携觞酌酒，陷入回忆当中。少年时候，快乐总是这么简单，书琴诗酒，令人开怀也不是很难。这样明亮的岁月中，令人容易轻信，觉得这样的时日会长长久久延续下去。这是再朴素不过的美好夙愿，可惜还没等它持续太久，衰老便随之到来。自此之后，某些生活的真相便开始显露出来，纵饮无欢，取乐渐难。不过好在，生活也不会沉寂下去，还是会不时出现让你眼前一亮会心一笑的事物，就像造物依然为秋天的萧条留下盛放的菊花。这是古今人们普遍存在的情感，不难产生共鸣。

忆得去年今日，黄花已满东篱。曾与主人临小槛，共折香英泛酒卮。长条插鬓垂。　　人貌不应迁换，珍丛又睹芳菲。重把一尊寻旧径，所惜光阴去似飞。风高露冷时。②

这像是造物始终保有的某种慈悲，在一年一度的轮回中，有无数次的消逝，就有无数次的归来。而在这一年一月，一来一去的缝隙间，黄花又满东篱。

①唐　白居易《东园玩菊》
②宋　晏几道《破阵子》

薄雾浓云愁永昼，瑞脑消金兽。佳节又重阳，玉枕纱厨，半夜凉初透。　　东篱把酒黄昏后，有暗香盈袖。莫道不销魂，帘卷西风，人比黄花瘦。①

这首《醉花阴》是宋代女词人李清照留给世人最精彩的文字之一，李清照的才华、情调、韵致与深情，尽在其中。这首词写的是婚后某年重阳，丈夫不在家，她独自一人把酒赏菊、思念远人的情境。因为相思的纯粹，诗中没有什么复杂的事物，就是寻常的重阳旧物。在这些重阳风物中，菊花香浓，染得相思情重。最后一句最精妙，“莫道不销魂，帘卷西风，人比黄花瘦”，篱边把酒独立的倩影，疏篱中摇摆的瘦菊，就此相合，成为一幅能长久代表深秋相思的剪影。相传当时赵明诚收到妻子的这首词，感慨佳人深情和才气之余，也生出比试之心，废寝忘食三日之后，作出《醉花阴》五十首，并将清照这首杂于其间，请友人陆德夫赏鉴。陆德夫再三玩味后，觉得只三句极佳，便是“莫道不消魂，帘卷西风，人比黄花瘦”。

还想提一提《红楼梦》里的菊花诗。木心先生曾评过《红楼梦》中的诗词：“《红楼梦》中的诗，如水草。取出水，即不好，放在水中，好看。”评得极恰当，红楼梦、红楼人与红楼诗，浑然天成，让你几乎相信它们是真的存在。这场菊花诗赛是由史湘云起意，薛宝钗帮着参详，园中众姊妹同乐的一场盛会。这组诗有十二个题目：

起首是《忆菊》。忆之不得，故访，第二是《访菊》。访之既得便种，第三是《种菊》。种既盛开，故相对而赏，第四是《对菊》。相对而兴有馀，故折来供瓶为玩，第五是《供菊》。既供而不吟，亦觉菊无彩色，第六便是《咏菊》。既入词章，不可以不供笔墨，第七便是《画菊》。既然画菊，若是默默无言，究竟不知菊有何妙处，不禁有所问，第八便是《问菊》。菊若能解语，使人狂喜不禁，便越要亲近他，第九竟是《簪菊》。

如此人事虽尽，犹有菊之可咏者，《菊影》《菊梦》二首，续在第十、第十一。末卷便以《残菊》总收前题之感。

如此一来，菊在三秋的妙景妙事都有了。起菊花诗社的时候，是在《红楼梦》中最后的璀璨岁月，如同菊花盛开的时节，尽管已露出肃杀的征兆，但一切尚不明显，还有繁华的景象在，大观园里的少男少女们，依然过着观花赏月、闲游吟诗的生活。这场诗会最终以林黛玉的三首诗——《咏菊》《问菊》《菊梦》为冠，题目立意俱新，情致也缠绵，笔法也纤巧，和黛玉纤灵婉弱的形象很吻合。

其他几首咏菊诗，也分别同作诗之人的性情才力相衬，比如薛宝钗“空篱旧圃秋无迹，冷月清霜梦有知”的沉着，史湘云“圃冷斜阳忆旧游”“抛书人对一枝秋”的潇洒，探春“短鬓冷沾三径露，葛巾香染九秋霜”的疏阔，各是各的味道，绝不混淆。古时写诗的人很多，写好就不容易，但如曹雪芹这样用自己的笔写别人的诗，还写得这么恰如其分的，更困难。最喜欢的还是林黛玉的这三首，遂录于下：

咏菊

无赖诗魔昏晓侵，绕篱欹石自沉音。
毫端蕴秀临霜写，口齿噙香对月吟。
满纸自怜题素怨，片言谁解诉秋心？
一从陶令平章后，千古高风说到今。

问菊

欲讯秋情众莫知，喃喃负手叩东篱。
孤标傲世偕谁隐？一样花开为底迟？
圃露庭霜何寂寞？雁归蛩病可相思？
休言举世无谈者，解语何妨话片时。

菊梦

篱畔秋酣一觉清，和云伴月不分明。
登仙非慕庄生蝶，忆旧还寻陶令盟。
睡去依依随雁断，惊回故故恼蛩鸣。
醒时幽怨同谁诉？衰草寒烟无限情。

曹公借黛玉这个才华横溢的少女，将他心目中秋菊的风姿与骄傲、美丽与哀愁全然呈现出来。“毫端蕴秀”“口齿噙香”的咏法颇为巧妙，“篱畔秋酣”“和云伴月”的梦境也是醉人的。但最喜欢的还是《问菊》一篇，偕谁隐？为底迟？何寂寞？可相思？将菊花问得无言以对，而这无言以对中，菊花孤标傲世的姿态便再也没有遮蔽了。

自古逢秋悲寂寥，菊花开在此时，便也容易染上些萧索的气息。但也不尽然如此，历代咏菊花的作品中，也不乏气魄雄浑的佳作。其中最有名的当属唐末农民起义领袖黄巢的《不第后赋菊》：

待到秋来九月八，我花开后百花杀。
冲天香阵透长安，满城尽带黄金甲。

黄巢仅存于世的三首诗中，有两首是关于菊花的。另外一首《题菊花》没有这首有名，却也颇含风骨：“飒飒西风满院栽，蕊寒香冷蝶难来。他年我若为青帝，报与桃花一处开。”同样能够看出作者身上强烈的战斗气质。黄巢并非以诗文留名于世，但即便单看他的菊花诗，也能轻易窥见其胸中块垒，压抑不住想要喷薄而出。诗中菊花的开放简直有种摧枯拉朽的战争气质，秋来九月八，重阳节还差一天，它就已然等不及要怒放。我花开后，百花寂灭，这种怒放是唯我独尊的。前面气氛铺垫得足，

①清 曹雪芹《红楼梦》第三十八回《林潇湘魁夺菊花诗 薛蘅芜讽和螃蟹咏》

后面的场面骤然袭来的时候才更令人震撼。冲天的香阵，满城的金甲，这不再是一株菊花的顾影自怜，而是满城菊花铺天盖地不容拒绝的壮丽。全诗没有具体的菊花形象，但语词夸张，想象大胆，笔力刚健，气势雄浑，在读完这首诗后，顷刻间天下无处不是菊花。这满城菊花在当时表达的是黄巢心怀天下、渴望摧毁已然腐朽的李唐王朝的抱负，里面蕴含的力量，不知激励了古往今来多少仁人志士。即便是在今天，这样被赋予战斗之美的菊花，同样能令人耳目一新、荡气回肠。

纪事

重九都下赏菊，菊有数种，有黄白色蕊若房曰万铃菊，粉红色曰桃红菊，白而檀心曰木香菊，黄色而圆曰金铃菊，纯白而大曰喜容菊，无处无之，酒家皆以菊花缚成洞户。

——《东京梦华录》

戚夫人侍儿贾佩兰，后出为扶风人段儒妻，说在宫时，九月九日佩茱萸，食蓬饵，饮菊花酒，令人长寿。菊华舒时，并采茎叶，杂黍米酿之，至来年九月九日始熟，就饮焉，故谓之菊花酒。

——《西京杂记》

凡天子飨会游豫，惟宰相及学士得从，秋，登慈恩寺浮图，献菊花酒，称寿。

——《唐书·李适传》

我花开后百花杀，一进入九月，仿佛就成了菊花的天下。人们目光所及是它明亮的色彩，鼻息所闻是它微苦的清香，耳朵里听着关于它的种种消息，一个不经意间，它甚至还会落入你的杯盏，让金秋的味道顺着菊花茶水渗透到身体内。仿佛是菊花给了萧索的秋最后一抹绚丽的颜色，如果没有菊花，人们在清冷的深秋中难免寂寥。但既然有了，人们就不辜负它，总要做些什么来证明对它的爱惜。

戚夫人侍儿贾佩兰，后出为扶风人段儒妻。说在宫内时……

九月九日，佩茱萸，食蓬耳，饮菊花酒，令人长寿。菊华舒时，并采茎叶，杂黍米酿之，至来年九月九日始熟，就饮焉，故谓之菊花酒。①

九月，宫掖间争插菊花，民俗尤甚。②

重九都下赏菊，菊有数种，有黄白色蕊若房曰万铃菊，粉红色曰桃红菊，白而檀心曰木香菊，黄色而圆曰金铃菊，纯白而大曰喜容菊，无处无之，酒家皆以菊花缚成洞户。③

九月开放的菊花赶上重阳佳节，热闹之上更添热闹。出宫适人的宫女传出了汉宫中的风俗，九月九日，宫中人人佩戴茱萸，采食蓬耳之余，还要喝菊花酒。这菊花酒是在花盛时储下的，酿了很久，在九月九日这天才酿熟待饮，这是人们对岁时的郑重其事。此外，从宫廷传到民间还有插菊簪菊的风俗，在这一天，人们纷纷簪戴着漂亮的菊花，庆祝重阳，唐代杜牧“尘世难逢开口笑，菊花须插满头归”，宋代杨万里“凉秋九月菊花发，自折寒枝插华发”的诗句，说的就是这样的盛况。因为城中各处都有菊花盛开着，商家们自然不会错过博一个好彩头的机会，甚至有酒家能以菊花扎出洞户状，可见秋英繁茂。而花下人头攒动，更是一场场热闹的盛会。

在古代，菊花还有“长寿花”之称。这并非只是因为菊花开于重阳，与暮年及寿数相关，还因菊花入药，的确具有延年益寿的效用，这就是所谓的“真菊延龄”，因而常有古人奉菊花酒祝寿。《荆州记》中有载：

县北八里有菊水，其源旁悉芳菊，水极甘馨。又中有三十家，不复穿井，即饮此水，上寿百二十、三十，中寿百馀，七十者犹以为夭。

---

①汉 刘歆《西京杂记》

②唐 佚名《辇下岁时记》

③宋 孟元老《东京梦华录》

据说这“极甘馨”的菊水颇为神异，人若饮之，寿命长达一百二三十也不算难事，再不济也能活到百岁，而人们眼中“古来稀”的七十岁，竟算得上是早夭了。这样的传说一出，菊花“长寿”之名便坐实了。引得当时许多人纷纷前往求取此水，有没有上寿百二三十的疗效不清楚，但确实有不错的治病疗效，于是这菊水边上的菊花便被有心人收起，后流传开来。无独有偶，类似关于菊花的奇异事屡见于历代文献，当中不只有服食菊花延年益寿的，还有服食菊花得道成仙的，还有神异如《拾遗记》中的那种紫菊：

背明国有紫菊，谓之日精，一茎一蔓，延及数亩，味甘，食者至老不饥渴。

菊有花开之日，便有花谢之时。但世上之花谢，却有落与不落的分别。而关于菊花落，还能引出宋代王安石与欧阳修之间的一则逸事来。昔日王安石写诗曰：“黄昏风雨打园林，残菊飘零满地金。”欧阳修见到这首诗戏谑道：“秋花不落春花落，为报诗人仔细吟。”王安石见到后笑说：“这都是欧阳修久未学习的缘故，难道不见《楚辞》中说过吗？‘夕餐秋菊之落英’。”这二人虽然都是饱学之士，但还是未能尽识世间草木的情状。菊花有落与不落的分别，只是不落的品种要更常见些。

菊之开也，既黄白深浅之不同，而花有落者、有不落者。盖花瓣结密者不落，盛开之后，浅黄者转白，而白色者渐转红，枯于枝上。花瓣扶疏者多落，盛开之后，渐觉离披，遇风雨撼之则飘散满地矣。①

①宋 刘蒙《菊谱》

大多数人都见过浓密或扶疏的菊花，却未必有多少人细较过它们于花开花落之间的种种不同。尽管中国已经有上千年观花赏草的传统，但许多真实的细节还是不能仅靠约定俗成。

《月令》中说，季秋之月，菊有黄华。菊花黄得纯正，被视作天地之气成熟的标志。大多数菊花只会枯萎，却不会凋零，加之金风玉露的侵染，这样的情状竟像是一种傲岸。它是最高洁的花卉，是花中的君子，世俗的任何恶意都不能改变它的性情。菊花不只有极高的观赏价值，还兼有实效，能吃、能酿酒、还能入药治病，与人们有着十分紧密的关联。这是一品可以远观也可以亲近的花，开的时候能让你忘记清秋的寂寞，即便落了也能被制作成菊花茶供于杯中。像是和人们有一个约定， 等到秋天又来时，再去东篱之下。

桂花篇

月桂香满

桂花是四季之中最馥郁的花。唐代宋之问有一句诗，“桂子月中落，天香云外飘”，写的就是这馥郁的穿透力。桂树是如今城市中常见的树木，不开花的时候，就只见它枝叶葳蕤，坚硬碧绿，从绿化环境的角度上讲虽然很得力，惹人注意却是谈不上的。但入秋之后，人们可能都留意不到的某一天起，它浓碧的枝叶下突然安静地出现了淡黄或丹红的小花，随之一起来的是漫天漫地的浓香。不是梅香的清冷，也不是兰香的恬淡，桂花的香气是暖的，你不必刻意去捕捉，但闻得多了，有时也会叫你昏沉。再没有哪一种花香能有这样的能量，几乎无孔不入的，它能侵入深秋时节所有能够渗透的角落。

释名

桂——《礼记》
梫 木桂——《尔雅》
牡桂 箘桂——《本经》
木犀——《本草》
月桂——《拾遗》
岩桂 丹桂——《纲目》
天竺桂——《纲目》

尽管在不同地域，桂花的花期会各有不同，但如今的中国南北，似乎都能见到桂花。从外观上来说，桂花形小而色淡，自然不能被列入花中绝美者，故而一年中的大部分时间里，它都是沉寂的。但也可以将这种低调看作是在积蓄力量，为后来那铺天盖地的香宴做铺垫。这是一种奇花，《山海经·南山经》与《南方草木状》等古籍中记载有它的来处。

桂出合浦（古代合浦郡，在今岭南地区），生必以高山之巅。①

招摇之山，临于西海之上，多桂。②

桂，南方奇木。③

桂，江南木，百药之长。④

众口一词，都认为桂是产自南方的花木。气候湿润潮湿的南方是酝酿奇花异木的温床，倒确实适合做桂花的故乡。桂花在如今是常见的绿化植物，因为常见，所以在今人眼中，难免有种邻家的气质。但在古时候却不是这样，它向来是很有资本骄傲的。西晋植物学家嵇含在《南方草木状》中所说的一句话很能证明这一点："桂，生必以高山之巅。"世间草木众多，但能生来就这么霸道的，却寥寥可数。《本草纲目》中为"桂"作《释名》："李时珍曰：按范成大《桂海志》云，凡木叶心皆一纵理，独桂有两道，如圭形，故字从圭。"这是在说它字形的来由，与桂木上最细微的叶片密切相关。宋代陆佃的《埤雅》中也提到："桂犹圭也，宣导百药为之先，聘通史如执圭之。"圭是古代王侯在举行典礼时拿的一种玉器，是权力的象征，这里是在明喻桂树具有某些花木所没有的特质。《尔雅·释木》详细写道：

今南人呼桂厚皮者为木桂。桂树叶似枇杷而大，白华，华而不著子，丛生岩岭，枝叶冬夏常青，间无杂木。

从生岩岭，间无杂木，冬夏常青，听起来高高在上，颇有风骨。而至于间无杂木的缘由，是桂味辛螫，能杀草木，其药性偶尔也能侵害其

①唐 陆羽《游慧山寺记》

②宋 张君房《缙绅脞说》

③宋 无名氏《莲社高贤传》

④北朝 杨衒之《洛阳伽蓝记》

他树木，这也是桂树的别名——“梫”的由来。

桂常与“椒”并称为“椒桂”，一般指的是椒实与桂皮，都是古人爱用的香料，《离骚》中就有“杂申椒与菌桂兮”的句子，可知从先秦起，它们就被合和相称。桂树树皮的香味当然与桂花香气有别，但这种木香也同样好闻。相传汉代甘泉宫南边有昆明池，池中有凌波殿，殿中以桂为柱，风过时芳香怡人。中国古代建筑很讲究因地制宜与因材致用，那几根用以支撑宫殿的桂木，或许是帝王的恩典，也或许是负责督造这座建筑的人独具的匠心。而如今，再见不到这样材质的建筑了。

今天所见桂花的品类多样，人们的分法也多样，有按颜色分的，有按形状分的，有按花期分的，每一种下面还有具体而微的一些小类，是门纲目科下的一目了然。中国古代没有那样系统的分法，都是靠有心人一字一句的记录。

木桂（牡桂）：今南人呼桂厚皮者为木桂，桂树叶似枇杷而大，白华，华而不著子，丛生岩岭，枝叶冬夏常青。间无杂木，本草谓之牡桂者是也。①

牡桂（又一）：叶大如苦竹。叶中有一脉如笔迹。花蒂叶三瓣，瓣端分为两歧。其表色浅黄，近歧浅红色。花六瓣，色白。心凸起如荔枝，其枝紫。出婺州山中。②

丹桂、菌桂：叶如柏叶，皮赤者为丹桂；叶似柿叶者为菌桂。③

月桂：月桂，叶如桂。花浅黄色，四瓣。青蕊，花盛发如柿蒂。出蒋山。④

木樨：木樨花江浙多有之，清芬沤郁，余花所不及也。一

①《尔雅·释木》
②唐 段成式《酉阳杂俎》
③西晋 嵇含《南方草木状》
④唐 段成式《酉阳杂俎》

种色黄深而花大者，香烈；一种色白浅而花小者，香短。清晓朔风，香来鼻观，真天芬仙馥也。湖南呼九里香，江东曰岩桂，浙人曰木樨，以木纹理如犀也。①

零散的条缕间或许会偶有重叠，但种种细致的记述却势必来自几千年前一道道观察入微的视线。与枇杷、柿树叶相似的树叶，每片叶中一脉笔迹的区别，连同花色的深浅、花瓣的数量以及花香的浓淡，种种都是经由古人的亲身体验得来，而体察到这些需要一个民族代代传承的情感、耐性和时间。

中国古人从不会轻易浪费大自然一分一毫的馈赠，除了桂花能悦人眼鼻之外，桂树还被发掘出各种其他的功用。桂树性辛热，属阳中之阳，上下多处都可作药用。桂枝可入足太阳经，促进体表发汗；桂肉可入足少阴太阴经，护补气肾。《本草纲目》中还详细记录着桂可以利肝润肺、治疗心腹寒热、缓解头痛腰痛、强健筋骨、疏通血脉等功效。桂树上最有奇效的部位当是桂心，桂子去掉桂皮与桂肉就是桂心，桂心苦辛，大热有小毒，但古人以为长久服用桂心可以长生不老，既有这么玄乎的功用，纵然有点小毒便也没有大碍了。

而纵是常为人们赏玩的桂花，也是可以治病的。有些品种的桂花可混同百药，或煎成花药茶、花药酒，或做成糕饼，有生津辟臭、化痰止痛的功用。有些品种的桂花还有美容美体的功效，比如可以同油混做成润面润发的面脂面糕，这些浸润着桂花浓郁香气的小玩意，想来过去一定会受到众多姑娘们的青睐。

---

①北宋 张邦基《墨庄漫录》

艺文

何须浅碧轻红色，自是花中第一流。

——宋 李清照《鹧鸪天·桂花》

桂子月中落，天香云外飘。

——唐 宋之问《灵隐寺》

枝生无限月，花满自然秋。

——唐 李峤《咏桂花》

画栏桂树悬秋香，三十六宫土花碧。

——唐 李贺《金铜仙人辞汉歌》

月明秋晓，翠盖团团好，剪碎黄金教恁小，都著叶儿遮了。

——宋 辛弃疾《清平乐·木樨》

金粟缀仙树，玉露浣人愁，谁道买花载酒，不似少年游。

——宋 顾瑛《水调歌头·天香词》

尽管桂花如今已是家喻户晓的名花，但桂花最初得以让人发现并记录在古籍之中，却是因为桂树本身的香气。“楚人记草木，桂在椒兰中”，桂木是很早就出名的香木。如今我们很容易就能在先秦时代的《楚辞》中看到它，比如屈原笔下，“桂棹兮兰枻”，“桂栋兮兰橑”，“结桂枝兮延伫”，“援北斗兮酌桂浆”……即便这些文字和如今已经隔了遥远的距离，但只要当中那个“桂”字一出来，我们仿佛就能够感知从诗里透出的那种馥郁芬芳的味道。

这却是因为我们都闻见过桂花的味道。再没有哪一种花能够带来这样铺天盖地的香气。宋代李清照曾给桂花这样的评价："何须浅碧深红色，自是花中第一流。"认为它居于百花之上，当算第一品名花。全词这样写道：

暗淡轻黄体性柔，情疏迹远只香留。何须浅碧深红色，自是花中第一流。　梅定妒，菊应羞，画栏开处冠中秋。骚人可煞无情思，何事当年不见收。①

暗淡轻黄，柔弱无骨，若从姿色上说，它本不是显眼的花木。如果无香，人们自桂花树旁路过的时候，或许都不会注意到它。不过没有如果，尽管情疏迹远，它的香气也让人无法忽视，所以，即便没有牡丹芍药的艳丽姿色，它依然当之无愧为中秋时节最好的花。李清照在最后还不忘为桂花鸣不平，屈原在《离骚》中提到那么多香花，却偏偏没提到桂花。李清照觉得这很不合理，但凡提及香花，是怎么都该有桂花一席之地的。

桂花也有自己的传说，"桂子月中落，天香云外飘"，每当人们提起桂花，总将它和月亮联系在一起。不曾考证过桂花与月亮的关联究竟是从什么时候开始的，不知是不是源自吴刚伐桂的神话。但无论是什么，从开始留意到桂花起，"蟾宫"可以"折桂"的印象就已经存在于脑海中了。古人对月中桂花颇多吟咏，唐代赵蕃有《月中桂树赋》，文辞华美，穷极了古人对月中桂花的想象。

圆月如霜，有仙桂兮，宛在中央。映澄澈之素彩，逗葳蕤之冷光。杳杳低枝，拂孤轮而挺秀；依依密树，侵满魄而含芳。观其皓尔方凝，倏然不改。随升沉而自若，贯盈缺而长在。

……

①宋 李清照《鹧鸪天·桂花》

临紫极而天香不散，指北斗而仙花可摘。况其远象朣胧，桂子冥空，惜迢递而遐想，况婵娟而内融。素色不凋，自挺霜雪之外，清阴迴泛，频移霄汉之中；何必咏招隐，卧幽丛。庶高枝兮可折，愿逍遥于蟾宫。①

就像是一个笼着幽香的梦，梦中有好风如水，圆月如霜，还有一株仙桂，宛在月中央。月的光亮勾勒出桂树的枝影扶疏，吸引你长长久久地看下去。桂树成了一个安静的美人，神色清淡，态度超然，她就盈盈地立在那里，任背后的明月升沉盈缺，也不改姿态。这个梦让再浮躁的心都能安静下来。

说到这里，想起北宋杨万里也写过一个关于月与桂的梦。梦里他被一股浩荡的奇香引之天上，因而得以神游月宫。他在梦里的广寒宫中见到了什么呢？文中详详细细地写道：

玉阶之前有团其阴蔚乎，琉璃之叶械乎琴瑟之音。天葩芬敷，匪玉匪金，细不逾粟，香满天地。盖向者之所闻，乃于兹其良是，摩挲玉蟾蜍而问焉，亦不知其名，而字之曰桂。吾甚爱之，欲求其裔，将刈其枝。以修身之玉斧，瀹其根于银河之秋水，移之以归，艺我庭砌。羿妃頩然而不悦，曰："余将白之于帝。"杨子耸然而寤，月尚未午，客亦未去，顾而见木犀之始花，宛其若天上之所睹，笑而问客曰："吾之兹游，梦邪，醉邪，惘然不知其处。"②

天葩芬敷，匪玉匪金，细不逾粟，香满天地，杨万里一见此树立刻便喜欢上，动刀弄斧地打算移栽，却因此得罪了月宫的主人嫦娥，只能

①宋 赵蕃《月中桂树赋》
②宋 杨万里《木犀花赋》

悻悻然而归。而梦里没能实现的心愿，却在梦醒时分得到了满足，其时夜尚未央，来访的客人还没离开，明月也仍悬在天上。像是能感知到他的梦境，庭中的桂花竟在此时开放了，和他在天上看到的情境一样。这样的似曾相识，竟叫他不知今夕何夕，亦不知身在何处了。

或许是因为总和月亮、嫦娥等意象联系在一起，桂花不时会给人一种仙气缭绕的感觉。但传说只是传说，月亮中的桂花，总还是要落到凡间来。天下之大，随便哪个角落都可以安放一株桂花树。宋代梅尧臣曾特地写诗强调道：

莫以天下桂，皆为月中物。犹言月有兔，野岂无狡窟。
空山桂花多，艳色粲然发。樵客不知贵，奈何薪爨屈。①

这是在提醒世人，尽管世人皆说月中有桂，但天下之大，处处皆有桂花。梅尧臣在这里还俏皮地举了一个狡兔三窟的例子，然后，他写了空山之中桂花的命运。

有客赏芳丛，移根自幽谷。为怀山中趣，爱此岩下绿。
晓露秋晖浮，清阴药栏曲。更待繁华白，邀君弄芳馥。②

如今人们很容易在近处见到不同品种的桂花树，它像是一个平易近人的邻人。但在更遥远的古代，桂不仅因多生长于山崖岩岭之间而有“岩桂”之名，还被视作远离尘世的隐士的象征。这说起来可能会让一些人觉得不可思议，后来“蟾宫折桂”已然成为天下士子共同的心愿，于是，桂花作为追逐功名的象征渐渐深入人心。

①宋 梅尧臣《和韩子华桂花》
②宋 欧阳修《谢人寄双桂树子》

但桂花原本也是能做隐士的，只不过它这个隐士没能做太久，便被人从山林深处带到了人世间的四季轮回中。“枝生无限月，花满自然秋”，桂花渐渐成了象征秋时节的名物。有一年中秋节后，时任杭州通判的苏轼收到了城外天竺山上的僧人所赠的桂花，他不忍独享这来自山中的佳客，便分出一些送给他的好友兼上司——时任杭州知府的杨元素，同时还留下一首好诗：

月缺霜浓细蕊乾，此花元属桂堂仙。
鹫峰子落惊前夜，蟾窟枝空记昔年。
破裓山僧怜耿介，练裙溪女斗清妍。
愿公采撷纫幽佩，莫遣孤芳老涧边。①

天竺山是杭州佛教名山，宋朝时曾有上中下三座山寺，苏轼在杭州做官时，时常往来山中，与山上的僧人交流佛法。那时移植树木并不像今天这样便利，桂花仍多见于山中，在杭州城中并不多见。正因如此，喜欢桂花的人才会在秋时纷纷入山寻觅，白居易的《忆江南》中，那句“山寺月中寻桂子”，描摹的便是这一景象。由于远离世外，桂花在人们眼中便也有了超然物外、不染尘俗的品性。比起作为达官贵人摩挲于掌中的玩物，桂花或许更愿意获得淡泊的山僧和清丽的溪女的青睐。可既然僧友不辞周折地送了来，尘网中人收到这世外之礼，却无疑是喜出望外的。它让苏轼的心绪短暂地从身边琐事中出离片刻，去到桂花浓香浮动的山林，回到登科打马、翰林编修的过去。相似的经历杨元素也曾有过，于是桂花在此便顺道成为苏轼酬谢知音的佳礼。

造物的神奇，有时就在于细微的变化衍生出的种种差异。桂花品种多样，各式各样的桂花，落在各种各样的人眼中，又幻化成各不相同的

①宋 苏轼《八月十七日天竺山送桂花分赠元素》

表达。在中国古代典籍中，比较多见、人们吟诵较多的品种便是岩桂，《广群芳谱》中，关于桂花的艺文逸事也都收录在“岩桂”这一品类之下。岩桂，顾名思义，就是生长在山岩之下的桂木。

不是人间种，移从月里来。
广寒香一点，吹得满山开。①

宋代杨万里曾为岩桂写过这样的诗。的确，若之前从没有见过桂花，却在某一日，在某一个不知名的山岩上突然被它浓烈的香气所包围、所震撼，人们可不是会不由自主地怀疑它是天外来客吗？月宫中的一点香种散落到人间，落到那人迹罕至的山岩下，此后，漫山遍野都是它的香气。这样浪漫的存在，的确属于桂花。宋代朱熹也有《咏岩桂》：

亭亭岩下桂，岁晚独芬芳。叶密千层绿，花开万点黄。
天香生净想，云影护仙妆。谁识王孙意，空吟招隐章。②

这首诗用笔清新，意态如行云流水，与朱熹作品常给人的那种印象并不相同。岩下之桂，尽管并没有出众的姿色，但它也不与众芳争艳，只在深秋霜节，保有自己的千层碧绿、万点金黄。它本就是生于世外的香树，与山林中的天光云影相伴，引得众人为它不辞辛苦入山林。于是作者在这里发出与淮南小山《招隐士》中“王孙兮归来，山中兮不可以久留”截然相反的感叹。山中常伴桂花这样的佳友，这是独属于隐士的乐趣，又何必空吟《招隐》让王孙归来。

除了岩桂，月桂也常见于古人眼中。这个名字很容易叫人联想起西方神话中的月桂女神，而它曾在中国经历了久远的岁月。今天我们称为

---

①宋 杨万里《丛桂》
②宋 朱熹《咏岩桂》

月桂的品种与古代的月桂有所不同，古时的月桂是因“逐月而开”而得名的，这也是它别于其他品种的特点所在。朱熹的父亲朱松有首《月桂花》诗，写窗下的一小丛月桂花，一开篇就提及它的这个特质：

窗前小桂丛，著花无旷月。
月行晦朔周，一再开复歇。
初如醉肌红，忽作绛裙色。
谁人相料理，耿耿自开落。
有如贫家女，信美乏风格。
春风木芍药，秾艳倾一国。
芳根维无恙，岁晚但枯蘖。①

著花无旷月，一再开复歇，这里的桂花，更像是一位知心友人。它或许是知晓人的寂寞，才知时守时地一开再开，像是要与人就个伴。这株月桂是赤红色的，且这赤红还会有变化，开始是“醉肌红”，继而渐渐变深，成为“绛裙色”。这说来也是自然赋予的神异，但桂花花朵形貌小，因而乍看并没有多么夺目的颜色，所以诗人就将它比作“贫家女”，好看是好看的，不过也的确朴素得没有风格，论相貌是无法与富丽秾艳的芍药相比的。然而它却有旺盛的生命力，在众芳凋敝、只余残根的时候，依然暗放芳华、暗送幽香。

丹桂，一听此名，人们很自然地将它与上面写到的那种赤红色的桂花联系起来，这种桂花在今天也很常见。但其实这个名称中的“丹”，指的却是这品桂花树皮的颜色。嵇含《南方草木状》卷中提到：“桂有三种：叶如柏叶，皮赤者为丹桂。”丹桂树皮为赤色，开花却未必是红色。唐代白居易有一组《有木诗》，第八首专门写丹桂：

①宋 朱松《月桂花》

有木名丹桂，四时香馥馥。花团夜雪明，叶剪春云绿。
风影清似水，霜枝冷如玉。独占小山幽，不容凡鸟宿。
匠人爱芳直，裁截为厦屋。干细力未成，用之君自速。
重任虽大过，直心终不曲。纵非梁栋材，犹胜寻常木。①

这组诗旨在以木喻人，讽谏世事，明写八种树木，暗写与此八木性情相类的八种人。可以看出，总的来说诗人对丹桂还是赞扬的。诗中把丹桂的优点提炼得很全面——四时芳香，花团锦簇，枝叶常青，很有生命力的样子；影清枝冷，不与凡花同流，很独特也很有气质。有匠人爱它的芳香，便伐来当作大屋的栋梁，比起其它常被用作建材的树木，桂树其实是不大合适的。但即便如此，人们还是认为它纵然不是栋梁之材，也优于寻常树木。

白居易所写的，是白色的丹桂，丹桂也有红色的品种，并在后世渐渐取原本的丹桂而代之，成为我们今天常说的丹桂。比起清丽的白色桂花，红色丹桂到底显得别致些，它在古代有一个很好听的名字——朱砂桂。宋代陈郁《藏一话腴》中记载它的来处："象山士子史本，有木犀忽变红色、异香，因接本献阙下，高宗雅爱之，画为扇面，仍制诗以赐从臣。自是四方争传其本，岁接数百，史氏由此昌焉。"不算奇异的扬名史，也是借由帝王之爱才名扬天下，但若要为天下所知，似乎也没有更好的途径。从来如此，上有所好，民间才随后风行。

尽管桂花的确是好的，但世间乱花迷人眼，若将它列于春花煊煊赫赫的阵仗中，恐怕并不会多么显眼。而桂花生为秋花，这是爱桂人的幸事，每于中秋月下，缓步于香影层叠的桂林之中，桂香的浓烈被秋凉冲淡，花影、树影和人影都被月光拓在看花人的脚下，直到这一刻，你才能细味到属于桂花的静谧与孤独。相信很多人的生命中，都曾有过这样的时刻。

---

①唐 白居易《有木诗》其八

唐代王建有一首脍炙人口的中秋诗：

中庭地白树栖鸦，冷露无声湿桂花。
今夜月明人尽望，不知秋思落谁家。①

这是历代中秋诗词中比较有名的一首。庭院深空，鸦雀寂静，冷露初凝，圆月初明，这是个安静的中秋之夜。夜晚本就容易照见人的孤独，而佳节的气氛又令这种孤独愈发凸显。于是他开始思念，并且觉得，这是普天下人此时共有的思念。桂花的香气在这隽永的思念里似有若无地飘出来，原本浓烈的香味，却在此时被秋夜凉露浸润得幽冷起来。一切变化都是无声的，没人知道桂花在这样微凉的秋夜中待了多久。再抬头看看天上的圆月，思绪不由得飘得更远些，月宫中的那株桂树，这时候也该被露水浸湿了吧？没有答案。所有耐人寻味的美，都是能让人想很远、想很久的。

古代中秋节，关于明月与桂花的诗文当然不止这一首，唐代皮日休也有一首，同样广为人知。他曾于某年秋天东游，并于中秋节这夜到了杭州天竺寺。他在一座佛殿门前拾到一枝桂花，这首诗正是记录了这件小事：

玉颗珊珊下月轮，殿前拾得露华新。
至今不会天中事，应是嫦娥掷与人。②

一次偶然遇到的小惊喜，被有心人拾掇成这么一首俏皮的诗。眼前的桂花像是天外来客，它不明原因地被落在殿前，上面还点着清新的露痕。这或许是哪个俏皮的小和尚自林中随手攀折而下，把玩过后随便弃置于

①唐 王建《十五夜望月寄杜郎中》
②唐 皮日休《天竺寺八月十五日夜桂子》

此，而后才被诗人拾得。这其实已经可以勾起些时空交错人来人往的联想，但诗人却还有更为遥远的构思。他想起月亮里的吴刚与嫦娥，他说他“至今不会天中事”，不理解吴刚为什么偏偏要和月亮中的那株桂花树过不去，它分明是这么美好的花木。可见，并不是所有神仙都有着对待万物的慈悲之心。而眼前这枝桂花又是从何处而来的呢？怕是月中嫦娥撒下凡间的吧。一个偶拾桂花的小小场景，就被这么活灵活现地展现出来。

生活中有的惊喜来源于偶然，而有的氛围，则需要有心人用心去营造。宋代范成大除了爱梅之外，也很喜欢桂花。他晚年曾营建寿栎堂，堂前一座假山落成后，他专程从几百里外的马城移植来一株丹桂植于堂前。

堂前趣就小嶙峋，未许蹒跚杖履亲。
更遣移花三百里，世间真有大痴人。①

范成大在诗里自嘲是“世间大痴人”。痴从何来？或许正是源于他生活中对风月花鸟世界的热爱。如果不是痴人，他做不出这百里移花的事。其实范成大一生也不寂寞，算得上古代名利经历兼收的文人，他晚年退居石湖休养，更多也是出于个人意愿的选择。比起那些“不痴人”，毕生追高求远，却对眼前的生活得过且过，范成大的痴倒显得十分可爱。这份痴中有他对生活的态度，能闲人之所忙者，才能忙人之所闲。想来那株从三百里外迁移至此的丹桂，在寿栎堂前摇枝摆叶时，应该也会喜欢这个新住所和这个新主人。

不比梅兰竹菊，好像很少见桂花入画。的确，以香著称于世的桂花，论及形貌，的确不是作画的好对象。但爱作画的人，一样也会欣赏桂花。元末明初的画家倪瓒，有一首写桂花的诗传世：

桂花留晚色，帘影淡秋光。靡靡风还落，菲菲夜未央。

---

①宋 范成大《寿栎堂前假山成移丹桂于马城自嘲》

玉绳低缺月，金鸭罢焚香。忽起故园想，泠然归梦长。①

倪瓒是画家，也是诗人，但是和其画作比起来，他的诗还是写得平淡了些。不过，他诗中桂花的清淡颜色，倒很像他那些笔触清淡的画作。他用“靡靡”“菲菲”二词来形容桂花树，“靡靡”是在说它枝叶倒伏相依的模样，“菲菲”则是赞美它茂盛美丽的姿态。画家笔下的桂花虽然容色平淡，却有一味别处难寻的清凉气质，这种气质在他那幅《渔庄秋霁图》中也有。秋冷和被冲淡了的桂花香气，让他想起故乡。

应该少有女孩子不爱花，也应该少有女孩子不爱香，而当二者合而为一时，更是容易得到姑娘们的喜欢。百花之中有香气的不少，但能香得这样铺天盖地，除了桂花，一时还想不到第二种来。或许有不少女子会因它的香气而爱它，李清照说它“情疏迹远只香留”，“自是花中第一流”，给了它充足的偏爱。宋代另一位才女朱淑真也浓墨重彩地描绘过它的香，赞其尽管“也无梅柳新标格，也无桃李妖娆色”，但却因“一味恼人香”，便令得“群花争敢当”了。朱淑真另有《桂花》诗写道：

弹压西风擅众芳，十分秋色为君忙。
一枝淡贮书窗下，人与花心各自香。②

昔日苏轼写杨花，提及“春色三分，二分尘土，一分流水”，言辞间收放有度。而朱淑真写桂花，用笔竟似比之苏东坡更加豪放，压西风，冠群芳，十分秋色，都为桂花这一枝独秀而忙。很绝对，没给其他秋花留下什么余地。能感觉到下笔的人有一股子傲气，这个女子有心胸。她与桂花在诗里的书窗之下相对，在这个时刻，两者都不再是孤芳自赏了。联想起这个女子的经历，也的确合衬，窗外的桂花就那样淡淡地立在那里，而窗里的她也当真是什么都不怕。

---

①元 倪瓒《桂花》

②宋 朱淑真《咏桂》

纪事

宣帝元凤二年，于淋池之南起桂台，以望远气，东引太液之水，有一连理桂树，上枝跨于渠水，下枝隔岸而南生，与上枝同一株。

——《拾遗记》

有剡溪之红桂，钟山之月桂，曲阿之山桂，永嘉之紫桂，剡中之真红桂。

——《平泉山居草木记》

杭州灵隐山多桂，寺僧曰，月中种也。至今中秋夜，往往子坠，寺僧亦曾拾得，招贤寺僧植桂，香紫可爱，郡守白公号紫阳花。

——《南部新书》

倘若关于一样事物有深入人心的传说，那么即便它近在眼前，也照样会变得神秘起来。就像桂花，分明是芳香在近处的花木，但每当人们看见它闻见它，便会将它与天上的明月联想到一起。“天开金粟藏，人立广寒宫”，这种感觉仿佛是先天的，让你瞬间连身在之处都改变了。

桂与月的传说在中国流传了很久，唐代段成式《酉阳杂俎》中有关于此的记载：

旧言月中有桂，有蟾蜍，故异书言月桂高五百丈，下有一人常斫之，树创随合。其人姓吴名刚，西河人，学仙有过，谪令伐树。释氏书言须弥山南面有阎扶树，月过，树影入月中。或言月中蟾桂地影也，空处木影也，此语差近。①

吴刚伐桂的神话家喻户晓，因此他也是国人心目中与桂树联系得最近的神仙。“月中桂树高多少，试问西河斫树人”，古人觉得，月中那株桂树究竟是怎么样的，没有人会比吴刚更清楚。传说中没有提及嫦娥，或许在先民的心中，在嫦娥飞升之前，月宫中的那株桂树就已经立在那里了。这无形中令凡间的桂花也变得很有来头，尤其它的花期恰恰就在中秋月圆之夜，明月给了它别的花木少有的属于夜晚的浪漫。

神话中的浪漫，因为难以企及而令人向往。但它却真实地落在人们身边清晰的时节中。中秋前后，人们仰观可见天心的月圆，俯察可闻桂子的浓香，尽情享受这一期一会的花月之约。还有更夸张的，《南部烟花记》中记载：南朝陈后主曾为他的宠妃张丽华专门建造了一座“桂宫”，这座宫殿矗立在光昭殿后，而不远处，则是金碧辉煌的临春、结绮、望仙三阁。这座专为迎合君王的某种情致而建的宫殿，完全是仿传说中的月宫而建。

陈主为张丽华造桂宫于光昭殿后，作圆门如月，障以水晶，后庭设素粉罘罳，庭中空洞无他物，惟植一株桂树，树下置药杵臼，使丽华恒驯一白兔，时独步于中，谓之月宫。②

有月，有桂，有白兔， 还有扮作嫦娥的美人，这个仿造的“月宫”造得够精心了。“玉树后庭花”的风雅和“丽宇芳林对高阁”的奢靡，于此可见一斑。古时素有“亡国之主，多有才艺”之说，此说在陈后主、

①唐 段成式《酉阳杂俎》

②唐 颜师古《南部烟花录》

隋炀帝、南唐后主、宋徽宗等帝王身上多得印证。可是，当一国之君要成全自己的文艺时，其铺张的程度便不再是简简单单的风情雅致，一有不慎，牵动的便是亡国之灾。史书没有记载陈朝为隋所灭后这座精巧宫殿的结局，但想也知道，或是倾颓，或是凋敝，宫中的那株桂树，也不可能像神话里的那株一样，常存于明月之中。

自从桂花被从山中移入人世，便与人们聚居的城池结下了不解之缘。而在一众城池中，要属杭州与桂花渊源最深。时至今日，桂花也是当之无愧的杭州市市花。桂花陪伴杭城度过了上千年的岁月，当年白居易忆江南，在杭州的“山寺月中寻桂子”的过往，成为他回忆中最难忘的画面。

> 杭州灵隐山多桂，寺僧曰：月中种也。至今中秋夜，往往子坠，寺僧亦曾拾得。招贤寺僧植桂，香紫可爱，郡守白公号紫阳花。①

传说中来自天外月中的桂花，在月圆的这一晚自枝头坠落，因为轻盈细小，所以这坠落几乎是无声的，可那眼中可爱的颜色和鼻息间弥散的芳香，令离开后的郡守长久地牵挂。桂树多长于山中岩下，与山寺中修行的僧人之间的关系自然显得亲近。寺僧常能在山中见到桂树，更是随手就能拾得桂花，移植栽种也相对容易，于是，他们信口所言的来处便显得可信。

> 月桂峰在武林山。宋僧遵式序云：天圣辛卯秋，八月十五夜，月有浓华，云无织翳，天降灵实，其繁如雨，其大如豆，其圆如珠。其色有白者、黄者、黑者，壳如芡实，味辛。识者曰：此月中桂子。好事者播种林下，一种即活。②

①宋 钱易《南部新书》

②明 佚名《杭州府志》

其实宋僧所言的景象，今天我们仍能见到，当你走在如今杭州的名景“满陇桂雨”中，所沐繁“雨”比古时有过之而无不及。然而不明就里的时候，人们更愿意将这样的经历视作某种神谕。因为有的疑惑真的是始终解释不清的，不然世间怎会有这样的花？你我是谁？又为什么会在这里？

今天桂花开时，常见有人在修剪繁枝之余折取一两枝，作为案前清供。这在现代已经完全是审美化的举动，早已没有了古时“世以登科为折桂”的内涵。而“蟾宫折桂”的典故出自《晋书·郤诜传》：

武帝于东堂会送，问诜曰：“卿自以为如何？”诜对曰：“臣举贤良封策，为天下第一，犹桂林之一枝，昆山之片玉。”

据说，“桂林之一枝”的说法自此流传开来，尤其唐朝以后，盛行于天下士子之中。唐代温庭筠写诗这样说：“犹喜故人先折桂，自怜羁客尚飘蓬”，蟾宫折桂，为读书人毕生追逐的梦想提供了一个相对委婉的说辞。于是在后世，原生于山间的桂花便被动地与人世的科举联系在了一起。常能找到一些这样的记载：某年中，某处的桂花开放得异常，或是变色，或是多生并蒂，随后该年就一定会有学子中举或考中进士。这与之前提过的芍药花开暗合官员升迁的奇事相类，尽管更可能是人为的某种附会，但一些不同寻常的事却也由此流传下来。

桂花品类多样，有秋天开花的、春天开花的、四季开花的和逐月开花的，其中秋桂最广为人知。秋月与秋桂，共同为古往今来的中秋时节点染了馥郁明亮的美好氛围。若说谁能当得“秋香”的赞语，不属桂花还能有谁呢？而除却浓香，桂花的形貌也是特别的，古语说，“花中惟岩桂四出”，指出并不像大多数花花瓣为五个，一朵桂花是由四片花瓣结成的。古人认为桂树原本是西方月中之木，“四乃西方金之成树”，所以桂花才四出而常见金色，并且独胜秋香。

后记

就像是陪着十种花走过了它们的前世今生，完结之时，竟这样不舍。不由得有些后悔，若当时不定名为《十花记》，而是《百花记》，是不是就有理由再花更多的时间，陪着更多的花重寻它们进入人世后的点点滴滴？不过也无妨，《十花记》虽结束了，但十花之外，四时之中，百花依旧次第盛放着，不让天地间有一刻苍白。

已经不太记得，自己究竟是何时开始认真注意起身边的花花草草的。是在蹒跚学步时双手无意间攀折到那一抹红粉的一刻？是在上学时第一次做完植物标本的一刻？还是等长大些后，在一个暮春，偶然在路上接住一片不知从哪里飘来的花瓣的那一刻？如今回望，都已经记不分明，只知道在自己从一个孩子长到一个成年人的过程里，它们一直都在近处，随时随地能看到。

夏日傍晚总喜欢去附近公园里的一片梅林中坐坐。因为已不在花期，碧绿的枝叶在一片夏木葳蕤间显得寻常，路过的人都是脚步匆匆，没有丝毫留恋的痕迹。在人们眼中，或许它们也就是这个城市众多绿化中的一片，并没有什么特别。最多有个别好奇的孩子，会趁人不注意探出身去，扯过悬在树杈上的牌子，而后一板一眼地念出上面的文字：“梅，小乔木，稀灌木，树皮浅灰色或带绿色，平滑；花单生或有时双生于一芽内，直径 2-2.5 厘米，香味浓，先于叶开放；花期冬春季，果期五、六月。”很严谨也很科学，和人们所看到的大多数植物信息一样，是区别各个植物的标签，是值得人们去了解的。只可惜，这些却很难让人觉得有风致。我常常流连花木，渴望亲近，并不是为了科普那些关于门纲目科的知识，而是循着小时候就留下的习惯。

小时候读关于花草的诗文，尽管隔了长久的岁月，但那文辞太美，让人不由自主就融入那古典的情境中。看着公园里的梅花，自然而然地就想到那些诗句：“旧时月色，算几番照我，梅边吹笛。唤起玉人，不管清寒与攀摘。”“想环佩、月夜归来，化作此花幽独。”从小被诗文中的描写影响至深，于是我总觉得，看梅花是一定要在夜色中的，否则“疏影”“暗香”，便无法相得益彰了。“何逊而今渐老，都忘却，春风词笔”，然而何逊忘，人们却没有忘，当然不只疏影暗香，还有含章殿下，寿阳公主额上的梅花妆，孤山月下，林和靖的梅妻鹤子。于是，忍不住盼望着季节快些走，好让下一轮春天赶紧回来。

这只是梅花，世间的花可不止这些。单就春时，自小寒至谷雨，都有二十四番花信，从小寒的梅花山茶起，到谷雨的荼蘼、楝花，一候有一候的花，一候也有一候的风情。何况还不只春，夏秋冬季也各有各的花，各有各的花事。故而大家都有花爱，“晋陶渊明独爱菊，自李唐来，世人甚爱牡丹。”古代远不比现代生活繁华，人们也没有那么多东西要去关注，于是便有了空闲去关注花，关注草，关注天地，关注时节，关注自己所身处的环境，关注自然中正在变化的一切。

花是自然界中最美的精灵，它将生命的轮回演替最直接地呈现在人们眼前。有花，生命就有了开落，有开落，就连结起了因与果。它是奇迹，是慈悲，象征着生命的美好与值得。我们真的不能莫名粗糙地匆匆走过，我们如何对待花的开落，就会如何对待我们自己的生活。

在这本书写到一半的时候，我生下了女儿，成为一个母亲。生命的延续与蜕变，让我对自然界中生命的传承有了难以言传的体悟。年年岁岁花相似，岁岁年年人不同，多少回时节的更替，多少代生命的轮转，都悄悄消失在这样的相似里，悄悄继续在这样的不同中。我会看着我的女儿像花骨朵盛开般慢慢长大。我希望不论在什么样的情状下，她都能一直拥有书中人那观花抚叶的心情。我盼望我的女儿，能如花朵自在释放生命与美丽般，选择她喜欢的方式过一生。

夏荷